メディアワークス文庫

物産展の女

一弘

目　次

夢のような場所だった。

ヒャッカテン、とお母さんが言っていた。六歳になった彼女は、まだスーパーとコンビニしか知らなかったけれど、初めて訪れたその場所を、ちょっと不思議な気持ちで眺めた。胸の奥がなんだか、そわそわ、どきどきする。

――良《い》い匂いがする。

すん、と鼻を鳴らして、一杯に吸い込んだのは食べ物の匂いだった。お肉の焼ける匂い、野菜をくたくたに煮込んだ匂い。ちょっと歩くだけで、それがケーキの甘い匂いに変わる。ふっと横切る、果物の香りの清々《すがすが》しさ。

周りを見回せば、本物のご馳走《ちそう》で一杯だった。お店がいくつも連なって、山盛りの商品を並べている。

正面に見えるのは大きなカニだ。一匹だけで、彼女の顔くらいの大きさがある。

その横に見えるのは綺麗《きれい》なお弁当。イクラがきらきらと輝いて、たっぷりのお刺身も載っている。視線をその向こうにやれば、見えてくるのは山積みにされた焼き鳥だ。

てらてらとしたそのたれに、ビールを飲んでいるお父さんの顔を思い出す。

甘い匂いの元を探すと、やっぱりあった！　ふわふわのロールケーキ。中に苺《いちご》や桃が詰まっていて、一口食べればお腹《なか》一杯になりそう。

他にもプリンにチョコレート、お団子、ラーメン……自分の大好物から初めて見る食べ物まで綺麗に並んでいて、それを売る人たち、買う人たちで、彼女の周りは遊園地みたいに大賑《おおにぎ》わいだった。

——みんな、楽しそう。

ここにいる全員が笑っているのが、彼女にはとても不思議だった。まるで誰かに自慢するための宝物を買っているみたいだ。

きっと、ここは特別な場所なんだ、と自然に思った。普段の生活とは違う、ここでしか生まれない何か。それが目に見えない力となって、この場所のきらきらとした輝きを作っている。

——ずっと、ここにいられたらいいのに。

みんなが幸せで、にこにことして、たくさんの声で溢《あふ》れる場所。

そんな世界で、自分もずっと笑っていたい。

まだ小さいから無理かもしれない。お母さんはきっと「もうちょっと大きくなったらね」と言うと思う。それでも願わずにはいられない。

もっともっと、この世界に浸っていたかった。

＊

物産展、というものが日本で始まって、すでに七十年以上になる。地方の名産、特産品、珍味などを集めて開催される賑やかな催し。

北海道の、東北の、関東の、関西の、その土地ならではの品物が集合するそこは、訪れる人々にまるで旅するような感動を与えてくれる。物産展は豊かさがまだ当たり前ではなかった頃、普段は目にすることのないその土地の美食、文化を体験できる貴重な機会だった。

時代は進んで、たいていの品物がどこからでも取り寄せられる現在《いま》。それでも物産展の魅力が色褪《いろあ》せることはない。

「ただ物を買う」という以上の何かが、そこにはあるから。

商品を作る生産者の願い。あるいは、料理の腕を振るう職人の心意気。

そして来場者の、その場所に集まる全ての人間の思いが、他にはない特別な価値を物産展の会場に作り出しているのだ。
だからこそ、多くの人が足を運ばずにはいられない。また来たい、と心に残す。
一人の少女が、「特別な場所」と感じたように。

あの日の会場から二十年後。
少女の願いは、本人がすっかり忘れた頃に実現する。
大人になった彼女は「特別な場所」を担う一人――物産展のバイヤーとなる。

海鮮丼と伝説の女

「申し訳ありません！」

声に出して、春花《はるか》は深々と頭を下げた。耳に当てたスマートフォンからは、まだぐちぐちと文句を言う声が聞こえてくる。嫌みな上司め、と内心で舌を出す。いっそ通話を切ってしまおうかとも思ったが、捲《まく》し立《た》てる相手の声は止まらなかった。

——なんで、すぐに報告を入れないの？　もう現地に着いたんだよね？　独断専行は御法度だよ。

「でも、これは私が任された企画で……」

——勝手をされて、仕事を台無しにされちゃかなわないよ。あくまで君はピンチヒッターなんだから。そこのところ、ちゃんと理解してる？

「はあ……」

——とにかく、報《ほう》・連《れん》・相《そう》！　いいね！

ぶちっと一方的に通話は切れて、不快感だけが耳に残った。

何なのよと肩を落として、春花はスマートフォンを力なく胸に抱えた。現地に着いて、一歩目からの躓《つまず》きだった。まだ、空港の出口を潜《くぐ》ったばかり。

スマートフォンを鞄《かばん》にしまって、一つ息を整える。空港の窓ガラスで、自分の身なりを確認した。癖のない黒髪を、きっちりと後ろで結わいている。新品同然のパンツスーツ。清潔感こそが「この仕事」に携わる人間の美徳だ。

薄目の化粧を横目に捉えて、ようやく春花は冷静な自分を取り戻した。出張の一日目を、これ以上惨めな気持ちで始めたくなかった。

「あちいっす」

ようやく前を向いたところ、気遣いゼロの呻《うめ》きが飛ぶ。

またげんなりとして、それから後ろを振り返る。清潔感とは無縁の、だらしない格好が視界に入った。ジャケットはよれよれ。ワイシャツの襟は若干黄ばんでいる。ひょろりとした長身の上に乗った顔には、覇気の一つも見当たらない。中途半端に染めた茶髪が、寝癖のように逆立っている。

「高城《たかしろ》君。ネクタイ」

じろりと見据えて、本人の不格好を指摘した。ネクタイの結び目は無様に解《ほど》けて、まるで宴会のひょうきん者だ。

「飛行機で寝てる間に、着崩れちゃってるわよ」

「へ？　今解いたんすけど。だから、あちいって」

「言葉遣い……」

重ねて注意して、あまりの徒労感に泣きたくなったが、これも自分の仕事であるからには、この場で投げ出すわけにもいかなかった。

高城稔《みのる》は春花の後輩である。年齢は四つ下の二十五歳。他業種からの転職組で、当初は広報部に配属されていたのがこのほど春花の部署に異動となり、春花が教育係を命じられた。

本人の態度を見るにつけ、これも上司の嫌がらせか？　と疑いたくなる。

「熊本って暑いんすね。やっぱ、火の国？」

軽薄そうな声で言って、高城は首に滴る汗を拭う。敬語の危うさはともかく、外の熱気は春花の肌にも感じられた。季節は夏真っ盛りだ。七月中旬。東京に比べて、流石《さすが》に日差しの強さが違う。

「かき氷とか食べません？」

「遊びに来たんじゃないの。私たちは、重要な仕事を任されてるんだから」

「わざわざ暑い時に来なくても良いのに……新商品の発掘が目的なら、ネットで済ませたら簡単じゃないっすか」

「自分の目で見て、足で歩いて、それから初めて舌で味わう！　現地に身を置いてこそ、優れた商品を発掘できるの。食品バイヤーの鉄則よ」

「熱中症になりそう」

破滅的なやる気のなさで、高城は「うへえ」と遠慮なく呻く。

その邪気に中《あ》てられたのか、春花も途端に力が抜ける。ばかりか、熱気をことさら感じた。仕事をする上で、健康は成功のバロメーター。今回も万全の体調で熊本に乗り込んだつもりだった。それが到着早々この疲れようだ。一時間遅れの飛行機のせいとも思えない。実際春花の心を重くするのは、その肩にのしかかる責任と、もう一つ個人的な事情があって……。

「だめだめ！　短気は損気！」

無理矢理言って、自分の頬をぴしゃりと叩《たた》く。

隣で後輩が宇宙人を見るような目をしていたが、いちいち取り合っている暇はなかった。頭を切り換える。キャリーバッグのハンドルを握り締めて、最寄りのタクシー乗り場へと向かう。

とぼとぼと続く後輩が未《いま》だに「あちぃ」と繰り返していたが、春花は嫌みな上司の電話と一緒に頭の中から振り払った。

とにかく、仕事に集中するのみだ。

「仕事は何ですか？」と聞かれた時、春花は「百貨店です」と答えるようにしている。かねた屋と言えば大抵の人が頷《うなず》いてくれるし、都内在住の人なら「お中元やお歳暮で使わせてもらってますよ」と嬉しそうに答えてくれたりもする。創業百年を超える老舗百貨店。東京銀座《ぎんざ》の一等地にあり、歴史と伝統を重んじる職場だった。

一方で「食品バイヤーです」と答えると、途端に説明がややこしくなる。

「それって、ご飯を食べる仕事？」と言われたりして、春花は半分認めながら、もう半分でこう答えるのが常だった。

「宝くじを買うのに似ています。ただし、十分な分析と一級の勘を駆使した上で。当たらなければ、それまで。当たったら、きっと日本中が驚きます。何しろ、私たちが引き当てた物は全国に、いいえ、世界中にだって広がる可能性を秘めているから」

ヒット商品を発掘すること――それが、食品バイヤーに課せられた使命だ。

人がいるところ、食あり。

この世界にはまだまだ、世間的には知られていない食品や料理が存在している。それらを探し出し、日の当たるところに連れ出す。百貨店の売り場に並べれば、より多くの目に、そしてより多くの舌に、知ってもらう機会となるのだ。「食のスカウト」とは食品バイヤーの矜持《きょうじ》である。

その仕事に携わって、蓮見《はすみ》春花は今年で八年目になる。

老舗百貨店「かねた屋」に新卒で入社。以来、食品部門一筋で、バイヤー業務を任されてそろそろ三年になる二十九歳だ。

当たり前の社会人としては、相応に自信や貫禄《かんろく》がついてくるところ。会社からの「信頼」をも勝ち取る意気込みで、春花は日々業務に邁進《まいしん》している。

中でも、食品バイヤーとして大切にしている信条は一つだった。

一にも二にも、現地調査。

食品バイヤーの場合、すなわち「食べ歩き」だ。


「『いきなり団子《だんご》』、五つ！」

通りに並んだ屋台の前で、春花は地元の郷土菓子を注文する。いきなり団子は、薄皮の生地であんことサツマイモの餡《あん》を包んだ物だが、それを目に付いた側《そば》から総浚《そうざら》いして、すでに六軒目の梯子《はしご》だった。

定番の馬刺し、ゴマの風味が香る高菜《たかな》めし。阿蘇《あそ》の牧場で採れたミルクに、小豆の入ったアイスクリーム。他にも辛子《からし》レンコン、地鶏《じどり》の串焼き、太平燕《タイピーエン》にうにのコロッケ――。

熊本県は美食の宝庫だ。阿蘇山《あそざん》など雄大な自然を擁し、白川《しらかわ》、菊池《きくち》を始めとした清らかな水源を複数持つ。水産資源も豊富であり、魚介も良し、農作物も良し、滋味豊かな食を楽しむことができる、九州でも屈指のグルメスポットだった。

その美食の聖地に繰り出して、春花は試食行脚に余念がなかった。

空港からタクシーで熊本市内へ。

繁華街まで出れば、息つく間もなく飲食店の戸口を潜った。

食品バイヤーの界隈《かいわい》には「地元の美味は、地元の口から」という格言がある。土地の美味は希少であり、外の人間に渡る前に地元の人が食べきってしまう場合も多いのだ。だから本当に美味《おい》しい物を探すなら、実際に地元を食べ歩くしかなかった。迷っている時間が惜しい。場合によっては二品も三品も同時に注文して、まさに胃袋の総力戦だ。

「まだ食べるんですか？」

今度はあか牛《うし》の串焼きを、と手を伸ばしたところ、連れの後輩から呆《あき》れ返《かえ》った声が上がる。

振り返ると、高城の表情には仕事らしいやる気は見えなかった。それどころか、まるで物見遊山の雰囲気。両手に土産物の袋（中身は、あか牛のジャーキーと牛乳プリン）をぶら下げて、口はあんぐりと開けたまま。細められた目が、春花を「珍獣」と決め付けている。

「胃袋どこに付いてるんですか？　そんなマネキンみたいな細い体で」

「高城君。女性の体型をとやかく言うのは……」

「だって、空港からずっと食べ通しですよ？　機内でも、弁当とサンドイッチ食べてたし。空港の売店じゃ、早速馬刺しを買ってましたよね？　それで、市内に着いたら屋台、土産物屋、レストラン？　熊本の食材を食い尽くして、更地にでもするつもりですか？」

「食べ歩きが、食品バイヤーの身上よ。地元の味を知らずに、百貨店に優れた商品は持ち帰れない。私たちは商品のスカウトに来てるんだから。高城君も、もっと気合いを入れてもらわなくちゃ」

「だからって、その食べっぷりは……」

今度は目を丸くして、高城は不躾《ぶしつけ》な視線を向けてくる。

見据えるのは、春花の腹。同じく食べ歩いた後輩の腹が膨れる一方、マネキンと形容された春花の体は、胃袋に豆粒一つも入った様子は見られない。

「まさに、怪物」

と、すでに失礼を通り越した悪口に、春花も肩を落とすしかない。反論の口が鈍るのは、春花にも一応自覚するところがあるからだった。

無類の大食い――言葉としてはありきたりだが、春花の食いっぷりは、ちょっと想像を超える域にある。人の十倍は、朝飯前。学生時代、友人たちに焚《た》きつけられて、大学の相撲部相手にちゃんこの大食いで完勝したこともある。そうすると「今度はうちが」「いや俺たちが」と空手部やラグビー部までもが大挙して挑戦の手を挙げる始末だった。

歪《いびつ》な青春の一ページだが、さらに春花の人生をややこしくしたのは、就職活動にまで不肖の大食いが影響したことだ。就職氷河期にぶち当たり、手当たり次第に試験を受けて、ようやく滑り込んだ百貨店の最終面接。場繋《ばつな》ぎのつもりでうっかり大食いの話をしたところ、それが思わぬ爆笑を浚って、見事内定を勝ち取ってしまったのだ。

友人たちからは「天職だね」と太鼓判を押された。

「もしかして、お腹に何か飼ってません？　ミニ先輩的な」

「それ以上言うと怒るわよ。私はただ、一生懸命仕事をしてるだけで……」

「そう気張らず、そろそろ仕事を切り上げませんか？　温泉でも入って」

遠慮のない後輩は、さらにとんでもないことを言い始めた。

本人は至極真面目な様子で、すでに発言が鼻歌交じりだ。

「熊本は、温泉も名物ですしー」

「今は、食べられない名物に用はないの！　これは大事な仕事なんだよ？　出張は今日を含めて三日しかない。第一、温泉なんて行く予定は」

「あーあ、広報の仕事が懐かしいなあ。少なくとも、こんなふうに炎天下の中、食べ歩くこともなかったし。かねた屋は老舗の百貨店だっていうから入社したけど、まさか食い倒れが仕事だなんて」

「食い倒れじゃなくて、食べ歩き。私たちの仕事が百貨店全体を支えてるの。そもそも、どうして熊本まで来たのか、高城君はわかってる？」

「そりゃ、地元の名産を探しに」

「そう。私たちの使命は、熊本の――もっと言えば、九州の本物の美味を探し当てることよ。秋に迫った『物産展』のために」

秋の九州物産展――。

上司の言い方を借りれば、大九州物産展だ。かねた屋では年四回、土地土地の美味を集めた、地方物産展を開催している。創業百年、老舗と言われるかねた屋にあって、物産展は特別な意味を持つ催事だった。

百貨店不況、と言われて久しい。小売の王様と呼ばれたのも過去の栄光。日本経済の低迷を真正面から受けたのが、ここ二十年の百貨店の歴史だ。

かねた屋にしても例外ではなく、近年売り上げは右肩下がり。往年の輝きは消《き》え失《う》せ「いよいよ人員整理か？」「事業の縮小か？」と業界内で噂《うわさ》されるほどだった。

そんな中でも、物産展の人気はなお根強かった。

催事の幟《のぼり》を掲げれば、自然と会場は人で埋まる。それだけでなく、平日閑古鳥が鳴く売り場でも、物産展から流れた客で束《つか》の間《ま》かつての賑わいを取り戻すのだ。上階のイベントを当て込んだいわゆる「シャワー効果」だが、今や百貨店にとって、いや、かねた屋にとって物産展は経営の命綱と言えた。

今年も春、夏と企画を終えて、かねた屋の物産展もいよいよ勝負の秋を迎える。創業者の出生地ということもあり、例年、秋の九州展は力の入れようもひとしおだった。

そして、この度、その九州展を春花が担当することになった。

春花にとっては、初めてとなる物産展の企画だ。

自然、気合いが漲《みなぎ》る。責任は重大だった。百貨店不況下の物産展。売り上げ向上の起爆剤だと、上司も同僚たちも気を引き締めて臨んでいた。

だからこそ、ちょっとの甘えも許されない。後輩の戯《ざ》れ言《ごと》なんて問題外だ。会社のため、バイヤーとしての矜持のため、それからもう一つ、嫌みな上司を見返してやるため、春花は今回の九州展に全身全霊を懸ける覚悟だった。

「別に、期待されてないのに……」

熱っぽく語る春花だが、高城の顔に熱意が伝わった様子は皆無だ。

あまつさえ、聞き捨てならない台詞《せりふ》を溢《こぼ》している。空港での一幕を当《あ》て擦《こす》っているのは間違いなかった。到着早々の上司からの電話。「勝手は御法度！」という怒声はしっかり後輩にも届いていたらしい。

「高城君。その言い方」

「だって、本当のことじゃないですか。先輩に対して、あんな態度」

「それは……」

「俺が参加させられたのも、なんか付け足しって感じだし。そもそも乱暴すぎませんか？　秋の本番まで、あと三ヶ月。物産展の企画って、遅くとも半年前から始めてますよね？」

「それは会社にも事情が……でも、イレギュラーだからこそ、力の見せ所でもあるのよ。きちんと仕事をやり遂げて、私たちのやる気を示せば」

「無理っす。そこまでの給料もらってないし」

「高城君」

食い下がろうと頑張るが、本人はそっぽを向いて聞く耳を持たない。「温泉がー」と性懲りもなく繰り返すばかり。後輩のやる気はすでに底を突いているようだった。

やるせなさに下を向く。

腹が立つのはもちろんだったが、それ以上に深刻なのは、後輩の言い分に満足に言い返せない今の状況だった。出張を命じられて、なお執拗《しつよう》な干渉。春花の耳にもまだ「勝手をするな」という上司の文句がこだましている。

そうなると、思い返さずにいられないのは、社内における春花の「特殊な」立場だった。

入社八年目。経験を積んだ食品バイヤー。その一方で、春花の耳に届くのは、

「まだ食べるんですか？」

はっとなって、顔を上げる。言ったのは後輩だったか。

目を向けるが、高城はつまらなそうに欠伸《あくび》をするばかり。

反射的に、春花は自分の胃を押さえていた。まだまだ、六分目の腹具合。

天職だね……。

春花の脳裏にちらちらと、今日までの紆余曲折《うよきょくせつ》が過《よぎ》り始《はじ》めた。

＊

かねた屋に入社してから今日までの自分を、春花は恵まれていると感じていた。

何しろ、のっけから「大食い武勇伝」の役得だ。面接では大受けで、話に依《よ》ると、春花の採用を推したのは役員クラスの人間だったらしい。

「これからは女性の時代だよ！」とそれらしい文句も漏れ聞こえて、無事、入社を果たした二十三歳の春花。一年目は本店の売り場をぐるっと一周するように体験して、二年目から、いよいよ期待された食品部門での勤務となった。

初配属は、地下一階の食料雑貨《グローサリー》。先輩たちから食品のイロハを叩き込まれ、毎日、売り場の最前線に立った。未経験な分、必死に勉強もした。食品業界は、もともと利益の少ない商売であること。だからこそ、輸送コストや加工の方法など、最大限に知恵を絞る必要がある。食品の安全性や消費者の嗜好《しこう》について、常にアップデートしていくのも必須だった。他にも物流、生産地の状況、クレーム対応、SDGs《エスディージーズ》――鎧《よろい》のように業界知識を身に付けて、春花は周囲の期待に応えようと懸命だった。

その甲斐《かい》あって、売り場でも優秀な成績を収め、五年目には念願の買い付け業務を任されるまでになった。売り場の新商品を開拓する、食品バイヤーという仕事。単純に、新しい味に出会えるのが楽しかったし、自分で選んだ商品が売り場でヒットを飛ばした時には、何ものにも代え難い快感があった。

もっともっと、この仕事でキャリアを重ねたい――。

その潮目が変わってしまったのは、入社八年目にして、今の部署への「栄転」が決まった時だった。

営業本部営業企画室。人は、花の「催事担当」と呼ぶ。

なぜ、花なのかと言えば、営業企画室が百貨店の顔でもある「物産展」を担当する部署だからだ。自然、社内から選《え》りすぐりの人材が集められる。

異動の内示を受けて、周囲の声は「おめでとう」と温かかった。当時の上司に至っては、男泣きしながら数万円もする高価な財布を贈ってくれた。

後ろ髪さえ引かれる思いで、新たな決意を胸に、さらなる飛躍を期した春花だったが……ふとした瞬間に、際どい声を背中で聞いた。

「あれって、大食いの役得？」

どきりとしたのは春花自身、どこかで意識していたせいかもしれない。順風満帆の経歴は、決して額面通りのものではないと。

事実、採用での一件は笑い話半分、やっかみ半分、入社時からずっと春花に付きまとっていた。女性の大食いと面白がられているだけ……それまでは、酒の席の冗談で済んでいたが、いざ異動の話が正式に決まると、祝福一色だった周囲の空気は、グラデーションをかけて「色物扱い」へと変貌していった。

体《てい》の良いマスコットだな。

大した実力もないくせに……。

営業企画室に転属してからも、奇異の視線は変わらない。

むしろ、風当たりはいっそう強くなったように感じる。そもそも、春花の他に女性は一人もいないような部署だった。歴戦の食品バイヤーが揃《そろ》い踏《ぶ》み。色物風情が出る幕じゃない、と拒絶の空気はあからさまで、異動から三ヶ月、春花には一切まともな仕事がなかったくらいだ。

ようやく「秋の九州物産展」の企画を任されて、けれど、春花に抜擢《ばってき》された実感はなかった。

実のところ、ピンチヒッターというのが真相で、本来の担当が、痛風、置き引き被害、離婚の危機と不幸が重なり、やむなく休職となったことで仕方なしに春花に声がかかったのだった。そのため、担当を命じられながら、なお上司の執拗な干渉が付いて回ることに……。

それでも、春花はこれを好機と捉えるしかなかった。

不可抗力にしろ、役得にしろ、今後、春花がバイヤーとして生きていくなら、今回の企画は決してしくじれない。下手を打てば、色物であることを春花自身が証明することになる。

だが、無事に秋の物産展を成功させたなら、今の評価を覆すことも不可能じゃなかった。やっぱり期待通りの人材だ。大食いなんておまけ——そう言わしめるだけの成果を出して、周囲をあっと驚かせる必要があるのだ。

そのためには、何としても「ヒット商品」の発掘を。

食べ歩きに、尻込みしてる場合じゃなかった。一軒でも多く飛び込んで、新たな地元の美味を探し出さなければならない。

今回の出張に、春花のバイヤーとしての将来が懸かっている。

春花にとっては、まさにキャリアの正念場だった。

＊

車窓から外を眺めていると、見えてきたのは海上に架かる橋だった。

「天草五橋《あまくさごきょう》ですよ。こっち側の半島と、島とを結んでます」

運転席からの声に、春花は改めて外の景色を眺める。青い海の真ん中を、ぐんぐん、真《ま》っ直《す》ぐな橋が延びている。島の緑が行く手にあって、そこからさらに長い道路が奥へ奥へと連なっている。上天草《かみあまくさ》への玄関口。幸先《さいさき》良く、天気は快晴だ。

熊本出張、二日目。

一日目を熊本市内で過ごして、翌日、春花たちは車を南へと走らせていた。目指すは熊本県南部、天草諸島。四方を海に囲まれ、内地とはまた違った顔を見せる、県内有数の観光地だ。

島原《しまばら》の乱《らん》の天草四郎《あまくさしろう》で有名だが、彼の記念館の他にも隠れキリシタン縁《ゆかり》の地や、イルカウォッチングができるクルージングなど見所は決して少なくない。

中でも春花が当てにしているのは、天草の新鮮な海の幸だった。

秋の物産展を任されるに当たって、春花には一つの狙いがあった。過去の九州展を紐解《ひもと》くと、豚肉や牛肉など畜産系の食材をメインにしている事例が多い。九州は全国でも二割の供給量を占める畜産王国である。黒豚、和牛のブランドは物産展でもやはり人気だ。一方で、海産物となるとどうしても北海道のイメージが強く、九州展を企画するならつい畜産物に目が行きがちだった。

ならば、とあえて海の幸に注目したのが今回のコンセプトの一つだ。九州にも、海の名産は豊富にある。それを前面に押し出して、今までにない九州展を作り上げる。

お誂《あつら》え向きに熊本には、天草という海産物の宝庫があった。

「東京の人には、長閑《のどか》に見えるでしょう。道もごちゃごちゃしてないから」

ハンドルを握りながら、運転手の視線がミラー越しに春花へと向けられる。車を走らせてくれているのは、地元の観光協会の職員、川田《かわた》祐司《ゆうじ》だった。春花の勤めるかねた屋とは、古い付き合いがあるらしい。四十過ぎくらいの、がっしりとした体格の男性だ。

物産展を企画する上で、地元の観光協会と結びつくことは必須だった。やはり情報量が違う。東京にいながら地方の名店とやりとりできるし、何より生の声が頼もしかった。「海の幸なら、北海道にも引けを取らないですよ」と、春花に最初のインスピレーションを与えてくれたのも観光協会の広報課に勤める川田で、だからこそ天草までの案内を無理を言ってお願いしたのだ。

「天草の出身ではないけど」と言いながら、ハンドルを握る川田の表情は柔らかい。

「田舎なんですか、天草って？」

　後部座席に並びながら、同行した高城が不躾な声を上げる。本人に悪気はなさそうだが、相変わらず社会人としての礼儀を弁《わきま》えているとは言い難い。

　対して、応える声は誠実そのものだ。

「ハハハ。決して人は多くないですね。島自体もこぢんまりとしてますし。ただ、魅力的な場所ですよ。海は綺麗、気候は穏やか、何より海産物が新鮮で美味《うま》い」

「それです。私たちが期待しているのは。天草ならではのグルメがあると仰《おっしゃ》ってましたよね。具体的には？」

「真鯛《まだい》やしまあじ、最近じゃ、トラフグとか岩牡蠣《いわがき》の養殖なんかも盛んになってきたけど、天草で海の幸と言ったら、なんと言っても車海老《くるまえび》だね。歴史が違うから」

「車海老」

「日本で初めて、車海老の養殖を本格的に始めたのが、ここ天草だって話。実際、国内有数の漁獲量があるし、何より島の人間が美味い食べ方を知ってますから」

「昔ながらの名物ってことですね」

「お嫌いでないなら、踊り食いをお薦めしますよ？　獲《と》れたての物を、生で丸ごと」

「げっ。生きたまま」

また口を挟んで高城が不作法な声を上げたが、それにも陽気に笑い返して川田は朗らかに応じる。

「ぷりぷりした身の食感が堪《たま》らないんですよ。弾力があるのに、身に強張《こわば》ったところがない。それから、あの甘み。地元じゃ甘醤油《あまじょうゆ》でいただきますが、塩で食べるのもまたおつです」

「勉強になります。是非、試してみます」

後輩を脇に押しやりながら、春花はメモを取ることを忘れなかった。『お薦めの車海老。踊り食いが〇。輸送方法を要熟考——』。

まだ見ぬ海の幸に思いを馳《は》せながら、口いっぱいに期待が溢れる。物産展の企画の仕事。正念場という心意気は忘れなかったが、地元の名産を前にして、純粋にそれを楽しみにする自分もまた嘘《うそ》じゃなかった。

橋を渡り終えてぐるりと島を半周したところで、海岸沿いに車を停《と》める。

観光協会の川田の案内はここまでだった。車はとんぼ返りで橋へと戻る。これから熊本市内で、別の業者との打ち合わせがあるらしい。忙しいのに色々と話を聞かせてもらい、春花には感謝しかなかった。お辞儀で車を見送って、見えなくなるまで手を振る。

心地《ここち》好い風は、七月の海の香りがした。市街地ではうだるような暑さばかりが目立った。流石に熊本の夏は厳しい。それでもこうしてここに立っていると、島特有の心地好さがある。波の音が静かで、道路沿いには濃い緑が茂っている。川田が言った通り、人も車も見当たらなかったが、その穏やかさがふっと胸に染みわたった。

「腹減りましたね」

情緒もへったくれもない様子で、後輩の高城はぼりぼりと頭を掻《か》いている。

車内では途中、車酔いしたかもと溢していたが、いざ観光地に足を踏み入れるとこの態度だ。昨日の今頃「食い倒れはごめんだ」と嘆いていたのを思い出させてやりたい。

「牛丼屋とか、なさそうっすね」

「繁華街は島のもっと中央。この辺りは景勝地よ。物産展の目玉となる商品を探すなら、虱潰《しらみつぶ》しにする覚悟がないと」

「でも、こんなところに飲食店が？」

「この先に、できたばかりの観光施設があるって話。物産館というのかしら？　土産物屋や食堂なんかが軒を連ねてて、今人気のスポットらしいの。物産展の目玉には話題性も必要だから。こういうところも、しっかり押さえておかなくちゃ」

「話題の土産物……天草まんじゅうでも、あるんすかねー」

適当な名前を口にして、本人はやる気なさそうに周囲を見回す。春花にしても天草は不案内だったので、後は歩いて探すしかなかった。幸い、ネットに情報がある。地図を頼りに道路沿いを進んだ。

数分も歩くと、正面にそれらしい景色が見えてくる。入り口に大きな「ようこそ天草へ」の看板。広い駐車場が手前にあって、どうやら観光客を当て込んだ道の駅のような施設らしい。

左脇にベンチとテーブルを置いた休憩所が見える。奥に広がる一帯がメインの飲食店街のようだ。想像より少し狭く感じるが、朱色で統一された店舗の外装などはなかなか洒落《しゃれ》ている。期待を胸に、敷地へと足を踏み入れる。

おかしいな、と最初に違和感を覚えたのは人の少なさからだった。というより、全くの無人。定休日があるとは聞いていない。観光地で臨時休業も変な話だ。

しかしよくよく周囲を見ても、どの店舗も暖簾《のれん》やシャッターを下ろしたままだ。営業時間終了の札まで出して、看板を倒している店もある。

「人気のスポットなんすよね？」

「そのはずよ。少なくとも、観光協会の人の話では」

訝《いぶか》しむ後輩の声に、春花も曖昧にしか返せない。とにかく、歩いてみるしかなかった。店舗は敷地の端まで続いている。

「あんた、どこの人？」

奥まった通りに差し掛かった時だった。脇から突然声が響いた。エプロンを着けた中年男性の姿が見えた。白髪交じりで、春花たちのことを警戒するような目で見ている。態度はともかく、店名入りのエプロンを見れば、どうやらこの施設の人間らしい。

「かねた屋と申します。本日は商談で伺って」

春花は慌てて名刺を差し出すが、受け取った男性はなお厳しい表情。

蓮見と名前を呟《つぶや》いたところで、ぶっきらぼうに名刺を突き返してくる。

「悪いことは言わない。帰った方が良い。たぶん、あんたたちの出る幕じゃない」

「どういうことですか？　私たちは、商品の確認に」

「あの女が来るんだよ！　商売仲間から話を聞いた。それで全員が店仕舞いだ。暖簾を上げたままで、巻き込まれちゃ堪らない」

「あの女？」

訳がわからず問い返すが、それ以上、男性は答えてくれなかった。「引き返せ」と繰り返して、自分の店に引っ込んでしまった。ご丁寧にシャッターを下ろし、がちゃんと中から鍵までかける音が聞こえた。

呆気《あっけ》に取られて立ちつくす。引き返せ？　春花たちの出る幕じゃない？　自分から声を掛けておきながら、名刺を見た途端、春花たちを追い返そうとする理由がわからなかった。どうやら何者かがここに来るらしいが、それと春花たちと一体どんな関係が……。

しっくり来ないことばかりだ。やはり、事情を聞くしかない。閉まったシャッターに歩み寄って、その正面を控えめに叩く。

「すみません。もう一度、お話を――」

「やめておきなさい」

二度三度シャッターを叩いたところで、背後で鋭い声が響いた。思わず、背筋がすっくと伸びた。その声に覚えはない。それでも本能的に、春花の心を締め付ける何かが。

赤い影が視界に入った。振り向いた春花の十メートルほど先。真っ赤なタイトスカートのスーツ。ハイヒールも同色に揃えて、通りの真ん中で仁王立ちしている。サングラスで表情は見えない。それでも抜群の美人だとわかる。形良く通った鼻筋、すっきりとした顎のライン。おそらく三十半ばくらいか。年齢ではなくその佇《たたず》まいに、春花を圧倒するオーラを感じる。

さらに正体を複雑にしているのは、頭からすっぽりと被《かぶ》ったストールだ。これだけは印象的な紫の意匠。異国の匂いを立ち上らせて、春花に向き合うこの人物は——。

「バイヤーには引き際も肝心だわ」

容姿に圧倒されるばかりの春花に、サングラス越しの視線が向けられた。

やはり声に覚えはない。それでも相手は春花を知っているようだ。同業者ならこんな派手な女を春花も忘れるはずはないのだが。

「どこかでお目にかかりましたか？　私は百貨店のバイヤーで」

「蓮見春花、二十九歳。バイヤー歴三年。かねた屋食品部門の担当として、入社八年目を迎える。特技は大食い。学生時代のあだ名は『痩せたステゴザウルス』」

「ど、どうして、そんなことまで!?」

「あなたもバイヤーの端くれなら、事前調査を心掛けなさい。いつ、誰が、どんな物を狙っているのか。商売敵《ライバル》に先を越された時点で、あなたに持ち帰れる成果はない」

「ライバル？」

呆然《ぼうぜん》と聞き返して、春花は相手の顔を見返す。唐突な上に不躾な物言いだった。どうやら彼女も食品担当のバイヤーらしい。商売敵と言うからには、春花たちと同じように、この施設の「商品」を確かめに来たのだろう。だとすると、先ほどの中年男性が「あの女」と恐れていたのは——。

不意に「あっ」と声を上げそうになったのは、女がするすると頭のストールを外しにかかったからだ。長い黒髪が露《あら》わになる。絹を梳《す》いたようだった。七月の日差しを照り返して、きらきらと女の周囲が煌めく。

「ああっ！」

今度は後輩の大声が通りに響く。あまつさえ、女性をあからさまに指差していた。不作法を窘《たしな》めたくなるが、その前に高城が大声で捲し立てる。

「先輩！　俺、この人、見たことありますよ！　昔、テレビにも出てた！」

「高城君、落ち着いて。テレビ……？」

「関わった物産展は軒並み大成功！　経営不振に喘《あえ》ぐ店舗を、幾度となく窮地から救い出した！　催事の売り上げ記録を更新し続け、どんなに気難しい店主でもあの手この手で口説き落とす、凄腕《すごうで》の食品バイヤー！」

一息で言い切って、高城は興奮で顔を真っ赤にする。

「広報部にいた時、その手の話は何遍も聞きました。他社の広報誌も回ってきたし、その中にあの顔も！　間違いありません。彼女が伝説の食品バイヤー、御厨京子《みくりやきょうこ》です！」

御厨という名を聞いて、春花の背中に衝撃が走る。確かに、耳にしたことがある。伝説のバイヤーというのもそうだし、圧倒的な実績と何よりサングラス越しでもわかる希有《けう》な美貌。それが、ちらちらと脳裏に浮かんで――。

瞬間、甦《よみがえ》ったのは映像だった。一度見たら忘れられない格好。記憶のシルエットと重なったのは、彼女のもう一つの異名だ。

「物産展の女！」

今から三年前、まだ春花が食品バイヤーとして独り立ちしたばかりの頃。

休日に何気なくテレビを見ていると、同業者の話題が耳に入った。情報収集は職業柄必須。家にいる時は、極力テレビは点《つ》けっぱなしにしていた。

夕方六時のニュースの特集。出演しているのは、どうやら春花と同じ食品担当のバイヤーらしい。しかも、勤め先は百貨店。かねた屋ほどの歴史はないが、全国に店舗を持つ最大手だ。知らず引き込まれて、かぶりつきでテレビ画面を見つめた。

画面には絶世の美女がアップで映し出されていた。「カリスマバイヤー」とテロップにある。春花が変だなと思ったのは、女性が色の濃いサングラスをかけたままだったからだ。せっかくのテレビ取材なのに……他人事《ひとごと》ながらはらはらして、固唾を呑《の》んで続きを見守る。

ニュースは、最近彼女が企画した「沖縄物産展」について特集していた。連日の大盛況。その秘訣《ひけつ》をレポーターが尋ねる。すると、

「物産展の成功に興味はありません」

思わず耳を疑ったのは、その女性の口調が冗談を言っているようには聞こえなかったからだ。番組のレポーターも、戸惑い気味に質問を重ねる。

「それでは、成功の理由は？」

「私が企画に着手した時点で、すでに物産展は成功しています。なぜなら、失敗する可能性のある企画を私は物産展とは呼ばないからです。食品バイヤーたるもの、その

覚悟を持って、催事の企画に当たらねばなりません。そうして初めて、私たちは物産展の向こう側にあるもの、単なる売り上げや流行《はや》りを越えた世界に立ち会うことができるのです。もしそれが果たされないなら、その物産展は死んだも同じ。関わった担当者を始め、スタッフの悉《ことごと》くはバイヤーを名乗るに値しません」

すごいことを言うな、と春花も流石に呆気に取られた。番組にもぎくしゃくした空気が流れ、趣旨が曖昧なまま次の話題に移った。

彼女が「物産展の女」と呼ばれる業界の異端児であると知ったのは、しばらく後のこと。当時の春花の先輩たちが、口を揃えて彼女をこう評した。

食品バイヤーとしての腕は申し分ない。彼女は転々と百貨店を渡り歩いて、その都度、担当した物産展を成功に導いてきた。けれど、やり方が強引だ。やりたい放題、業界のルールを無視。取引先の店でさえ彼女の存在を恐れるほど。だいたい「バイヤーを名乗るに値しない」なんて、一体何様のつもりなんだ――！

確かな実績はともかくとして、彼女の過激な発言が批判の的になっているのは間違いないようだった。実際、あまりに商品を見る目が厳しいために、彼女の来店後、多くの店主が自信を無くして店を畳んだらしい。「裁判官」とは、彼女を恐れた業者が付けたもう一つのあだ名だそうだ。

だから、シャッターを閉めたのか――。

現実に立ち返って、春花はようやく腑《ふ》に落ちる。先ほどの男性が「あの女」と呼んだ理由。どういう経緯か彼女の訪問を知った施設側が、彼女の厳しさを恐れて暖簾を下ろしたというのが真相のようだ。

それにしても、噂一つで観光施設を丸ごと臨時休業させる御厨京子の存在とは。

「撤収」

圧倒されるばかりの春花に、当の本人が唐突に告げる。

呆気に取られて、問い返す春花の声も裏返る。

「撤収？」

「物産展から手を引きなさい。あなたにはその資格がない」

全く意味がわからなかった。思わず表情を硬くして、真意を探るべく相手の顔を見つめる。

「これは警告よ。あなたに企画の担当者は務まらない」

「な、なんですか、いきなり。私も百貨店の人間です。秋の物産展を任されました。いくらあなたが有名なバイヤーだって、部外者に口出しされるのは」

「部外者がどうのと、そんな矮小《わいしょう》な問題ではないわ。もっと根本的な意義の話。今、私は一人の食品バイヤーとしてあなたと向かい合っている」

無茶苦茶な言い分に、けれど不思議と圧倒してくるものがある。

春花も何とか踏ん張って、精一杯の声を返した。

「だから意味がわかりません！　だいたい、人の仕事に口を挟んでくるなんて失礼じゃないですか。私だってバイヤーの端くれです。物産展を成功させるために、熊本中を走り回っています。こっちの事情も知らないで、変な横槍《よこやり》を入れてくるのは」

「事前調査と言ったのを聞いてなかったかしら？」

憤る春花とは対照的に、なお冷ややかな声で御厨は告げる。「えっ」とたじろいだ春花に向かって彼女はずんずんと距離を詰めてきた。

恐怖で腰が抜けようかという時、春花の鼻先に書類の束が突きつけられた。ジャケットの懐に忍ばせてあった物らしい。

「あ」と声を上げたのは、その文面に見覚えがあったからだ。それもそのはず、書いたのは春花本人。「報・連・相！」とうるさい上司に急《せ》かされて、昨夜、メールで送付した報告書の全文だった。昨日食べ歩いた店の中からめぼしいところを列挙して、物産展のリストに加えるべきと詳述している。枚数にしてＡ４用紙十枚以上。春花渾《こん》身《しん》の大作だ。

「全て、却下します」

さらに無茶を言って、御厨は春花を混乱させる。サングラスに表情を隠して厳かに告げる彼女の態度は異名通りの「裁判官」だ。

「この報告書には何の価値もありません。物産展の意義を履き違えている。小学生の作文の方がまだ読めるレベルね」

「おかしなことを言わないでください！　これって企業秘密ですよ？　産業スパイ？　内通者？　このことは、会社に報告させてもらいますから！」

「それには及ばないわ。かねた屋は先刻承知済み」

また思わせぶりに言って、御厨は小さく口角を上げる。

彼女が取り出したのはネックストラップの付いたIDカードだ。右側に彼女の写真。余白には識別用のバーコード。中央に印刷されている「かねた屋」の文字が春花の背筋を震わせる。

何なの、この人――!?

状況を理解できないままの春花をよそに、御厨の声が淡々と告げる。

「この度、株式会社かねた屋、営業本部営業企画室、催事企画担当のスーパーバイザーに就任しました、御厨京子です。以後、秋の物産展は全面的に私が監修します」

「うげ」と声を上げたのは、黙って話を聞いていた高城。普段から血色の悪い顔を、さらに青白くしている。

度肝を抜かれたのは、春花も同じだ。開いた口が塞がらなくなる。もちろん、上司からは事前に何も聞かされていない。熊本への出張直前、「しくじるなよ」と、余計な念を押されたくらい。

とは言え、社員証を持っている以上、彼女がかねた屋の社員であるのは間違いなかった。スーパーバイザーという役職に聞き覚えはないが、話しぶりからして、おそらく春花たちにとっては上役。

物産展の女が百貨店を渡り歩いているというのは春花も聞き及んでいたが、よりにもよってかねた屋に……。

「話は以上です。荷物をまとめて、直ちに東京に戻りなさい」

ばっさり会話を打ち切る御厨に、春花は慌てて追い縋《すが》る。

「ま、待ってください！　それじゃあ、私が企画を担当する話は？　今日まで検討した出店者の件は」

「言った通り、あなたの作った報告書に価値はありません。当然、全て白紙です」

「ちゃんとリストを見てください！　一日かけて、市内のお店を回ったんですよ？

定番の銘菓は外してませんし、地元の名物、名産品は片っ端から口にしてます。優れた商品を見つけ出してこそ、物産展の成功に繋がる。この中から、次のヒット商品が生まれるかもしれないじゃないですか⁉　そもそも、実際に食べもしないで――」

「そんなものは、食べなくてもわかる」

返ってきた鋭い視線に、堪らず春花の動きが凍りつく。怯《ひる》まずにはいられなかった。サングラス越しであるというのに、烈火の瞳に捉えられる。

口を閉ざした春花を尻目に、物産展の女は颯爽《さっそう》と身を翻した。黒い髪が風に流れる。

視線を切る刹那、鋭い声が春花を打つ。

「物産展のなんたるかを、まるで理解していない。あなたは担当者、失格ね。いいえ、食品バイヤー失格よ」

無慈悲な通告が、春花の腹にずしんと落ちた。

＊

熊本出張、三日目。今日も天草は、夏の日差しに晒《さら》されている。昨日までと比べてそれがいっそう強烈に思えるのは、たぶん春花の勘違いじゃない。極度の寝不足。天草の市街地にあるホテルだったが、高城が「田舎」と呼ぶほど寂れた雰囲気もない。むしろ、東京と遜色ないおもてなし。

春花が寝苦しかったのは、前日にあった一幕が重く肩にのしかかっているからだ。企画のプレッシャーに加えて、ますます春花を苦しめるのは——。

「御厨京子」

寝言で実際に呟いていたかもしれない。高城とは当然別室で聞かれる心配はなかったけれど、心の棘《とげ》になっているのは間違いない。

理不尽極まる登場だった。

出会ってものの数分で「食品バイヤー失格」と突きつけられた。春花の上役という話だったが、それにしたってやり方が乱暴すぎる。いきなり出張先に乗り込んできて、物産展から手を引けと迫ったのだ。

春花にも譲れない事情があるのだった。この企画こそが正念場。そのために、今日まで念入りに準備をしてきた。その結果が理不尽な戦力外通告では、納得しろというのが無茶な話だ。不完全燃焼、いや、単純に腹の虫が治まらない。

だいたい、何が「物産展の女」だ。いくら実績があるからとは言え、あのサングラスに真っ赤なスーツ。昭和のドラマじゃあるまいし。何より、人を食ったかのようなあの態度。思い返す度、腹の底がむかむかとする。

あの後、すぐに上司に抗議の電話を入れたが、御厨の横暴ぶりを伝えても「まあ、そういうことだから……」と上司は苦しそうに言うのみだった。どうやら、さらに「上」の意向が働いての事情らしい。唯一溜飲《りゅういん》が下がったことと言えば、御厨の登場で、上司の干渉をこれ以上受けずに済みそうな点だろうか。

何にしても、春花に引き下がるつもりはない。「担当を降りろ」と通告されたも同然だったが、熊本にいる内はやるべきことをやるのみだった。すでに今日の予定も決めている。

「先輩。気にしない方が良いっすよ」

ホテルのロビーから並んで歩きながら、後輩の高城がいい加減なことを言ってくる。相変わらず紺のスーツはよれよれだった。おそらく、ホテルの部屋で吊《つる》してもいない。シャワーくらいは浴びてきたようだが、いつも通り表情にやる気のなさが張り付いていた。

春花の呆れた視線には一切気づかず、高城は飄々《ひょうひょう》と続ける。

「昨日の物産展の女。先輩のこと、さんざん虐《いじ》めて」

「別に、虐められたつもりは」

「俺、あの手の美人って好きになれないんですよねー。灰汁《あく》が強すぎるっていうか。仕事ができる人って、基本嫌みじゃありません？」

後輩の好みに全く興味はなかったが、一応、春花を慰めているつもりのようだ。言い方からすると、春花はその「仕事ができる人」には含まれていないらしいが。

「話し方も一方的だったし。知ってます？　御厨京子の悪癖の噂」

「悪癖？」

「一切『試食』をしないって話ですよ。物産展に出す商品も全部。食品担当のバイヤーだっていうのに」

それは、春花も耳にしたことがある。業界で語られている、都市伝説のようなもの。曰《いわ》く、御厨京子が食事をしているところを誰も見たことがない――言わずもがな、食品バイヤーは試食をしなければ仕事にならない。実際に口にして、自分が美味いと思って初めて、商品として売り場に出せるのだ。

しかしそれを、御厨京子は拒否している。

確か昨日も「食べなくてもわかる」と春花の前で嘯《うそぶ》いていた。それがあの場限りのものなのか、それとも本当に彼女の仕事の流儀なのか。混乱しっぱなしの春花の頭では、まだまだ判断できそうにない。

「そんなことより、今日のお店こそ張り切るわよ。出張も最終日なんだから」

言いながら、鞄からメモ紙を取り出す。昨日ホテルから電話をかけて、改めて観光協会にお薦めの店を問い合わせてみたのだ。

こういう時こそ、観光協会のありがたみがある。地元のネットワークはやはり大きな強みだった。そもそも物産展を開催する際、出店者の半数以上は各地の観光協会や物産協会の推薦に頼っているのが現状だ。一回の催事で、出店者の数は少なくとも五十以上。かねた屋では例年七十店舗に上る。春花一人で、その全てを集めきれるはずもない。

夜分の急な電話にも、広報課の川田は「力になりますよ」と心強い言葉で請け合ってくれた。

「新しく紹介されたのは『まだら屋』というお店。大衆食堂らしいわ。地元で評判の、海鮮が美味しいところ」

「観光協会の情報ですか？」

「無理を言って、別の候補を探してもらったの。観光地から外れるから、事前のリストには加えてなかったらしいんだけど。間の良いことに、この近くらしいわ」

「近くって、この辺りは市街地っすけど？」

「だからこそ、隠れた名店が存在する可能性も高いわ。観光客ではなく、地元の人間に支持されてるってことだから。まだら屋は、その候補の筆頭よ」

春花たちが宿を取ったのも、「本渡《ほんど》」と呼ばれる天草の市街地だ。天草市の中心地で、行政、商業共に重要な施設が集中している。いわゆる観光地とは趣が違うが、人が多い分、飲食店の数も多い。大きな漁港も近くにあるそうで、当初の狙いである新鮮な海の幸も期待できそうだ。

「それに、このまだら屋さん、店を切り盛りする大将が昔、ほおずき亭《てい》で働いていたらしいの。北海道の名店よ」

「ほおずき亭？」

春花の浮かれた調子とは対照的に、高城の一切ぴんと来ていない表情。後輩らしい反応とも言えるが、流石に春花も溜息《ためいき》が漏れる。

「ほおずき亭って言ったら、知る人ぞ知る寿司屋《すしや》の老舗よ。北海道の小樽《おたる》が本店。都内でも、それに並ぶ寿司はないって評判の」

「北海道なんて、修学旅行で行ったくらいだし」

「物産展の常連さんでもあるの！　かねた屋とは、まだお付き合いはないらしいけど。とにかく、その一流店で修業した人間が調理場を仕切るのが、まだら屋の売り。きっと海鮮には手を抜かないはずだわ」

「昨日みたいに、また邪魔されないといいっすけど」

「結局、車海老も試せてないし、今度こそ物産展の目玉になるような商品を……」

最後は独りぶつぶつと呟いて、思いのほどを強くする。今日の目当てはまだら屋一軒のみ。他にも候補を探したが、話題性、希少性という点でまだら屋を超える店舗は見当たらなかった。返す返すも、昨日の横槍が恨めしい。とにかく、今日の一軒に最後の望みを懸けるしかなかった。

メモした住所からすると、店は目と鼻の先のはずだった。大きな道路から一本路地に入って、商店街のアーチを抜ける。人の少なさが気になったが、一分も歩くとまた別の通りに出た。

川沿いの閑静な一帯。やや広い道に面して、「まだら屋」の看板が掛かっていた。隣が鮮魚店になっているらしい。聞いた話に依ると、まだら屋の直営店。新鮮な魚介が手に入るなら、きっと食堂の味も格別に違いない。

開店前だったが、事前に連絡を入れておいたのでそのまま店の戸に手をかける。電話で話した感じ、物産展には前向きな反応だった。自然と春花の気持ちもはやる。

「ふざけた話すんじゃねえ！」

戸を開けた瞬間、飛んできた怒号。「へ？」と面食らったところに、次に飛んできたのは陶器の湯飲みだった。

「いてえ！」

絶叫して、高城が額を押さえて蹲《うずくま》る。中身は入っていなかったようだが、それにしても、陶器が飛んでくるとは物騒だ。

「冗談じゃねえぞ！」

怒号が続いて、目を向けると、言い争っているのは店の人間同士らしかった。叫んでいるのは、初老の男性。出刃包丁を握っているところを見ると、件《くだん》の大将かもしれない。その前でおどおどと戸惑っているのが、まだ若い眼鏡の人物。「親父《おやじ》」と呼びかけているから、おそらく二人は父親と息子。

その息子の方が春花たちに気づいて、慌てて近づいてくる。「かねた屋さん？」との問いかけの声に、昨日電話で話した相手だとわかった。

「とにかく外に。親父がいちゃ、埒《らち》が明かない」

半ば強引に押し切られて、高城も連れて外に出る。

「おととい来やがれ！」

戸を出た拍子に塩まで撒《ま》かれて、春花は目を回すしかなかった。

「本当に申し訳ありません」

深々と頭を下げて、佐久間《さくま》良太《りょうた》は殊勝な声で繰り返した。佐久間は、まだら屋と隣接する鮮魚店の主人だ。食堂の大将とはやはり親子の関係。二人別々に店を構えて、地元で十年以上頑張っているらしい。

その鮮魚店の事務所に逃げ込んで、ひたすら頭を下げるしかないのが、佐久間良太の立場だった。向かいの席では春花と並んで、瘤《こぶ》を作った高城が恨めしそうに額を押さえている。

「どうぞ、お気になさらないでください。私たちは、全然」

「ですが、お連れの方が怪我《けが》を」

「丈夫が取り柄の後輩なので。かすり傷と思っていただいて結構です」

にこにこと愛想良く答える春花の横で、高城がぎょっとした顔をする。

「これって労災——」

ぽつりと溢した後輩の声は無視して、春花は改めて鮮魚店の主人に向き直った。

年齢は三十前後。春花と、おそらく同年代。ぷくぷくと丸い顔は血色が良いが、眼鏡の奥の眼光には経営者らしい一徹さも見て取れる。胸から覆う黒い前掛け。魚屋らしい格好だったが、隣の食堂を訪れて実の父親と揉《も》めていた理由は――。

「先ほど言い合いをされていたのは、もしかして、物産展のことで？」

「親父には、後から話すつもりでした。かねた屋さんからは、昨日の今日のご連絡だったので。でもまさか、あんなふうに反対されるなんて」

「急なことで申し訳ありませんでした。しかしお電話で、良太様の方は物産展には前向きなご様子でした」

「野心があるってほどでもないんですが、地元でやってるだけじゃ、やっぱり刺激がなくて。経営者として成長するには、百貨店の人と仕事をするのも悪くないって思ったんです。昨日の電話で、そちらの誠実さも伝わりましたし」

「そう言ってもらえて、光栄です。だとしたら、お父様の方が？」

「親父の腕は、はっきり言って天草で一番です。俺は熊本県内でも指折りだと思っています。若い頃は北海道の老舗で修業してたって聞いてるし、何より地元のお客さんの反応を見ればわかります。滅多に見れる腕じゃありません。俺も毎日仕入れの魚と向き合ってるから、その凄《すご》さは身に染みてわかります」

「食堂の評判は、昨日お聞きしました。海鮮が本当に絶品だと」

「親父の作る海鮮丼は間違いありません。魚の目利きじゃ、未だに俺も敵《かな》いません。その腕を、俺はもっと多くの人に知ってもらいたいんです。今回のお話は、その良い機会だとも思ってます。なのに親父は、頭ごなしに否定して」

先ほどの怒号が思い出される。「ふざけるな」という言葉以上に、その表情には強い嫌悪感のようなものを感じた。もちろん、息子に対して怒っているのとは違う。もっと根本的に受《う》け容《い》れられない何かが。

「親父は百貨店アレルギーなんです。島の外でも、買い物はデパートなんて絶対に近寄りません。縁起が悪いって、親父の口癖です。でもそれは、職人としての意地の表れなんだと思ってました。小さな店を続けてきた誇り。大きな会社や、一流レストランにだって負けたりしない。自分の料理は、本物なんだって」

「何か、お父様が百貨店を毛嫌いされている理由があるんでしょうか？　縁起が悪いとまで仰るほどの」

「わかりません。俺には仕入れを間違えるなって、釘《くぎ》を刺すばっかりで」

言って、良太は頭を抱える。親子の複雑そうな問題だった。二人が普段いがみ合っているようには見えない。諍《いさか》いは、今回の物産展の件に限ったこと。

ともかく父親が反対している以上、今度の物産展にまだら屋を呼ぶのは難しそうだった。普段調理をしている人間が会場で腕を振るってこそ物産展の醍醐味《だいごみ》がある。そうでなくても、物産展のお客は現地の生の声を聞きたがるものだ。それには、父親の協力がどうしたって不可欠だ。

何より、「元ほおずき亭」の金看板が物産展ではものを言う。美味しいというだけじゃなかなか人は集まらない。まだら屋の価値を引き立たせるのに、老舗の名前はこの際絶対に外せないのだ。何としてでも、父親の協力を取り付けないと。

「お父様と、直接お話しさせていただけませんか？」

春花の申し出に、良太が驚いた顔をする。隣で後輩も訝しげだが、構わず、前のめりに春花は続ける。

「出店のお願いをさせていただくかは、まだわかりません。それは、実際にまだら屋さんの食事をいただいてから。ですが、お話を伺った以上、どうしてもお父様の腕を確かめてみたいと思いました。物産展は、全国の人にお店の価値をアピールするのに打って付けの場所です。そのことを、お父様にも是非」

「どうかな。頑固な人で、言い出したら聞かないから」

「誠心誠意、話してみます。元ほおずき亭の力量を、どうか私たちの前でも……」

「帰ってくれ」

春花の声に答えたのは、正面に座る良太ではなかった。返答はその背後から。ぬっと、事務所の裏から厳《いか》めしい顔が現れる。食堂で目の当たりにした大将の佐久間大吉《だいきち》だ。白髪一色の、頑固そうな表情。息子と違って痩せているが、その分、カミソリのような鋭さがある。

事務所は奥で食堂と繋がっているらしい。春花たちの会話を聞いていたようで、大吉の声は硬く張りつめている。

「悪いが、あんたたちと仕事をするつもりはない。さっきは、喧嘩《けんか》の巻き添えを食わしちまったが……もともとこの店の問題だ。これ以上、部外者が首を突っ込まないでもらえるか」

「親父！　せっかく、東京から来てくれてるっていうのに」

「口を挟むな、良太。地元の人間に美味いと言ってもらえれば、それで十分じゃねぇか。そんなんだから、未だにろくな目利きもできやしないんだ。てめえの足下も疎《おろそ》かなまんまで」

大吉の剣幕に、息子の良太は二の句が継げないようだった。あまり似たところのない親子。三十前後の息子に対して、大吉の方はすでに六十近い年齢に見える。昔《むかし》気質《かたぎ》の職人そのもの。

「そういうわけだ。手ぶらで帰して悪いが、あんたたち百貨店の人間に俺の飯を食わせるつもりはない。客としても遠慮してくれ」

春花の方に向き直り、大吉はきっぱりと拒絶の意志を告げる。圧倒されそうになって、春花は必死の思いで食い下がる。

「理由《わけ》を聞かせてもらえませんか？　どうしてそこまで、百貨店を毛嫌いされているのか。話し合う余地が、まだあるかもしれません」

「言ったろ、俺の個人的な問題だ。今日顔を見たばかりのあんたに、聞かせてやれる話はない」

「せめて、私たちの話だけでも！　かねた屋の物産展にご参加いただければ、お店にとっても、決してマイナスになることは」

「くどいぞ！　これだから、百貨店の連中は」

不機嫌さが剝《む》き出《だ》しになった。さっきまでは、怒りを呑み込んだ大人の対応だった。それが春花が言い募るほどに、本来の苛立《いらだ》ちが表に出る。

「帰った、帰った！」

すでに取り繕った言葉もなく、大吉は身振り手振りで春花たちを追い出しにかかる。為《な》す術《すべ》もなく、事務所の外に追いやられる。

ばんっ！

扉が勢いよく閉められて、春花はしばらく一歩も動くことができなかった。

＊

「先輩、もう引き上げませんか？」

千切れた雲が風に流されている。日も傾き始めた天草の空。

まだら屋の前から動かず、春花はじっと蒸し暑さに耐えていた。時刻はすでに、夕方の四時過ぎ。鮮魚店を追い出されてから、かれこれ五時間が経過している。

まだら屋は昼の営業を終えて、そろそろ休憩に入る頃合いだった。夕方、一旦暖簾を外して、それから夜の六時に店を再開する。昼の混雑時は邪魔できないからと、営業の合間を狙って、春花はもう一度、大吉に掛け合ってみるつもりだった。

出店依頼を諦めていない。大吉はあの態度だが、ここでまだら屋を逃してしまえば、春花は完全に手ぶらで東京に戻ることになる。まだ名物の海鮮丼も味わえていないし、試食すらできないまま天草を離れるわけにはいかない。

「先輩、飛行機の時間が」

一度、後輩の声を無視する形になって、再び投げかけられた台詞。高城の顔は、疲れと焦りで引きつっていた。春花も自分の腕時計を確認した。四時十二分。熊本発、東京行きの飛行機は、午後六時のチケットを予約してある。熊本出張のタイムリミット。ぎりぎりまで粘って、何としても大吉を説得するつもりでいる。

「仕方ないっすよ。ここは、諦めるしか」

春花の覚悟とは対照的に、高城はますます弱気を覗《のぞ》かせる。横目で見ると、シャツの襟元が汗でぐっしょりと濡《ぬ》れていた。

「大将本人が、物産展に出たくないって言ってるんですから。あんなの、取り付く島もないっすよ。俺なんか、湯飲みまでぶつけられて」

「きっと何か事情があるの。それを解きほぐすのが、私たちの仕事で……」

「それはもう無茶っすから。出張は今日までなんですよ？　明日には、営業企画室の会議に出なくちゃならないし。今からチケットをキャンセルして、また天草に一泊するつもりですか？」

「最終便の飛行機に乗れば」

「勘弁してくださいよー。そもそもこんな状況に追い込んだのは、御厨京子じゃないっすか。企画のスーパーバイザーとか言って、先輩の報告書も却下するし。あっちが関わるなって言うんだから、全部任せたら良いんですよ。秋の物産展の企画なんて」

「そういうわけには」

即座に否定して、意識をまだら屋に集中する。むしろ、御厨京子の存在があるからこそ、春花は諦めることができないのだ。「バイヤー失格」と烙印《らくいん》を押された。彼女は企画の監修者。春花にとっては横槍だが、噂に聞く実績から言っても彼女の意見の方が通るのは間違いないのだ。そうなれば確実に、春花は物産展の担当者から外される。実績を作る余地もないまま。この先も春花は、「色物」のレッテルを張られっぱなしのバイヤー人生で――。

うっかり、物思いに沈みかけた瞬間だった。視界の端に、大吉の影を捉える。店の出入り口から姿を見せた。ようやく休憩の時間らしい。無我夢中で、春花は飛び出していた。大吉の行く手を遮るように、もう一度、本人の前で頭を下げる。

「暇だな。百貨店の連中は」

一瞬、驚いた顔の大吉だったが、すぐに表情を曇らせて嫌みな声を飛ばしてくる。邪険にされるのは覚悟の上。それでも、春花は食い下がる。

「物産展への参加をご検討ください。もちろん、その前にきちんとした段取りを。まだら屋さんの料理をいただいて、それから、具体的なお話に」

「言ったはずだ。あんたたちに食わせる飯はない。まだら屋の料理は、地元の人間に食べてもらうための物だ。わざわざ物産展に持ち出そうなんて考えはない」

「百貨店のお客様にも、喜んでもらえると思います。まだら屋さんは、天草でも評判の大衆食堂。観光協会の方が間違いないと請け合ってくれました。私も、大将の腕を信じてみたいと思います」

「おべんちゃらも、いい加減にしろ！　俺たちには職人の意地があるんだ。譲れないプライドってもんが。あんたたち、百貨店の人間にはわかりっこない」

「私たちにも、食品バイヤーとしての信念があります！　より良い商品を、私たちのお客様にご紹介すること。だからこうして、天草まで足を運んで」

「だったら言ってみろ。あんたにとって物産展とは何だ？」

会話の応酬が続いて、思いがけず、投げかけられた質問だった。意表を突かれて、大吉の顔を見返す。表情の厳しさは変わらない。それでもその目には、春花を見定めようとする強い光が揺れている。

ここが正念場だ——試されているという実感に春花も腹に力を込める。

「物産展とは、商品とお客様とを結びつけるための場所です。普段は味わえない地方の名産。私たちは束の間の非日常を作り上げることで、新たな出会いを創出したいと考えています。お客様の満足のため。それと同じくらい、出店者様の利益も考えて」

「その物産展に、どうして俺の腕が必要なんだ？　まだら屋の料理が」

「まだら屋の」

「東京の物産展なら出たいって連中は、天草にもごまんといるだろ。そういう派手さ目当てで味を変えた店もあるくらいだ。その中でどうして俺の店なんだ？　他の店じゃなくて」

「それは、目玉商品にするなら天草の海鮮を――」

言いながら、不意に春花の中で迷いが生まれる。春花がまだら屋に拘《こだわ》る理由。

大吉の声は真剣だった。春花のことを、邪険に追い払おうというものではない。むしろ、何かをわからせようとする声だった。大吉の心からの叫び。その職人の信念に対して、春花が本当に伝えるべきなのは――。

答えを出しあぐねている時だった。別の騒々しさが、春花たちの元に駆け込んでくる。

「親父！」

切羽詰まった表情で、息子の良太が割って入った。鮮魚店の方から飛び出してきたらしい。愛嬌《あいきょう》のある丸い顔が上気している。

「裏に不審な車が」

言いながら、鮮魚店の脇の細い道を指差す。奥が搬入口になっているようだ。

大吉は合点のいかない表情だったが、良太の剣幕に押されて、とにかく現場へと向かう。春花たちも後ろに続く。鮮魚店を回り込んで、裏の空き地で発見したのは、店に横付けする大きなトラックだった。よく見る型の四トン車両。車の側面に「北国運送」の社名が見える。

「こんな時間に、注文した魚もないが」

巨大なコンテナを見上げながら、大吉が唖然《あぜん》とした声を漏らす。時刻は、四時半を回ったところ。鮮魚を仕入れる時間にしては、些《いささ》か間が抜けている。

全員が固まる中、運転席の扉が開いた。ドライバーが勢いよく降りてくる。

そのまま春花たちの前を素通りすると、手をかけたのはコンテナの扉だった。ぐっとレバーを下にして、両開きのドアを開ける。ぶわっと、冷気が滑り降りた。その霜の向こうから、思いがけない影が。

「あっ！」

迂闊《うかつ》な後輩の声を、今度ばかりは春花も責められない。

同じように、自分でも指先を向けていた。コンテナの中に仁王立ちして、赤い影が腕組みをしている。赤いスーツにサングラス。物産展の女——御厨京子だ！

御厨はおもむろに首を巡らせると、眼下の大吉に向き直る。

「高いところから失礼いたします。佐久間大吉様とお見受けします」

口調だけは慇懃《いんぎん》に、御厨はそう言った。呆気に取られたままの大吉だったが、何とか威厳を取り戻して鷹揚《おうよう》に頷き返した。御厨の口がそれに応える。

「大吉様に、お渡ししたいものがございます。つきましては、ご確認を」

一方的に言って、コンテナの中でくるりと背を向けた。奥で荷物を持ち上げる気配。再び姿を見せると、両手に大きな発泡スチロールの箱を抱えていた。軽々と支えて、そのまま地面に飛び降りる。

「あれ、冷凍車ですよ……」

呻くように言ったのは、呆れた様子の高城だ。何の必要があって、御厨が冷凍コンテナごとまだら屋の店先に現れたのか——春花にはまだ見当もつかない。

周囲の戸惑いなどお構いなしに、赤い影は大吉に歩み寄ってその足下に荷物を下ろす。どさりとかなりの重みがありそうだった。

「これは。いや、あんたは一体？」

赤い女を正面にして、流石の大吉も怪訝《けげん》な表情。

応じる御厨は、相変わらずの一本調子だ。

「株式会社かねた屋、営業本部営業企画室、催事企画担当のスーパーバイザー、御厨京子と申します。以後、お見知りおきを」

この二人にも言ったが、俺は物産展に関わるつもりは」

「その前に、是非ともご覧いただきたいものがあって、本日は参上いたしました。「その荷物の中に、大吉様の過去が」

有無を言わさぬ視線に押され、大吉は足下の荷物に目を向ける。しばらく戸惑った様子だったが、渋々、箱の前に屈《かが》み込《こ》んだ。蓋を外した時、大吉の顔がはっと強張るのがわかった。まるで、古い知り合いにでも再会したかのような。中身に触れると、ゆっくりと持ち上げた。赤茶けた甲羅を持った、一杯の蟹《かに》。

「ハナサキガニです。根室《ねむろ》の漁港から直送いたしました」

淡々と告げた御厨の声に、けれど、大吉から反応はない。食い入るように、手の中の蟹を見つめたままだ。

端から見ている春花にも、何が起こっているのか理解できなかった。突然現れて大吉を名指ししたかと思えば、その足下に荷物を寄越した真意は果たして——。

誰もが疑問で動けない中、御厨の声がずばりと言い放つ。

「佐久間大吉様。三十年前、他社の物産展に参加した経験がおありですね？」

＊

焦りで口がからからだった。時計の針は着実に、開場時刻に迫りつつある。

見渡すと、同業者たちがそれぞれの仕事に忙しかった。怒号が飛んでいるし、職人の多くが会場中を駆け回っている。

大吉も持ち場を離れるわけにはいかなかったが、じっと待っていられない事情があった。このままじゃ、親方の顔が潰れる――居ても立ってもいられないのは、自分の仕事が果たせないことに対する焦りだ。

北海道の老舗、ほおずき亭の料理人として、大吉は物産展に参加している。店の、初の東京遠征だ。親方は浮ついたことは許さない。けれど、今度の百貨店の担当者に口説かれて、いよいよ店の味を道外に出すと決断したらしい。

その先鞭《せんべん》を任されたのが、修業五年目を迎えた大吉。寿司職人としてはまだ独り立ちも果たしていないが、その腕は折り紙付きだ。店の先輩たちをごぼう抜きにして、親方からの信頼も厚い。店の味を出すならと親方直々の抜擢を受けて、一人物産展へと乗り込んだのだった。

北海道展、と大きな垂れ幕が揺れている。それを横目にしながら、早くも大吉は後悔していた。抜擢なんてされるんじゃなかった。あの時は舞い上がった大吉だったが、考えてみれば初の東京進出だというのに、店に立つのが自分と現地のアルバイト一人というのはどうしたって力不足だ。女性のアルバイトは、魚を触ったこともないらしい。調理なら自分一人でこなせるだろうが、それでも肝心の「もの」がないことには――。

会場を右往左往して、知った人物の顔を探す。年嵩《としかさ》の女性の肩にぶつかった。

「うろちょろするんじゃないよ！」

文句を吐きかけられたが、鮮魚店の名札を付けているのに、マニキュアでてらてらとした彼女の爪は何だ？

その脇のブースを見ると、店頭に並べたヤリイカに煌々《こうこう》と照明が当てられている。見栄えを良くするためだろうが、あんなことを続けていれば、身の新鮮さが損なわれてしまうのは明らかだ。あまつさえ、それを誤魔化すために海水をかけ続けて、風味が飛んでしまうのがわからないのだろうか。

混沌《こんとん》とした会場を、ふらつく足で彷徨《さまよ》い歩《ある》く。目にするもの全てが恐怖だった。職人の常識からは考えられない。質《ただ》したいことが幾つもあった。けれど、まず確認しなければならないことは——。

開場時刻の五分前になって、ようやく、探していた顔を見つけた。親方を口説いた百貨店の担当者。道内では二日と置かず店に通ってきたというのに、大吉が東京に来てから、話す機会はほとんどなかった。四十絡みの、頬の瘦《こ》けた陰気な男性。薄い髪にべったりと付けた整髪料が、大吉には最初から不快だった。あんな強烈な匂いをさせて、食べ物の味がわかるはずないのに。

——すみません。

必死に追い縋って、担当者の前に回り込む。「ああ」と気のない返事をした男だが、彼の不作法に構ってはいられない。荷物が届かないんです。今日、弁当に詰めるための蟹が……。

——蟹？　知りませんね。どこかに紛れてるんじゃないですか？

——荷物の手配を請け負ったのは、そちらの方ですよね？　全部、北海道産の一級品を確保する。そうやって、うちの親方を口説いて。

——店を出すのは、あなた方だけじゃないんだ。いちいち、現場のことを言われても困ります。

――それなら、ほおずき亭が出品する海鮮弁当は？　目玉のネタがなくちゃ商品にならない。

――蟹なら、うちの百貨店の地下で揃えたらいいじゃないですか。弁当分くらい、確保できますよ。冷凍物のズワイガニが。

――ズワイ？　うちで出すのはハナサキガニです！　道内の名産を、最高級の弁当にして。

――あのね、北海道、北海道って、そんなの、誰もわかりっこないでしょ。今日の出店者の中で、どれだけ道外の業者がいると思ってんの。大事なのは「名前」だよ。北海道の名店、老舗の寿司屋が作る高級弁当。名札に「北海道産」と書いておけば、中身は何でも構いやしない。届かないものを、ぐちぐち言っても始まらないでしょ。

「それじゃ」と乱暴に話を打ち切って、担当者はその場を立ち去った。

取り残されて、大吉はそれ以上、追い縋る気にもならなかった。

必要なのは「名前」――。

会場の空気が、さらに陰湿さを増して感じられる。ここには、自分の居場所なんてない。こんなまやかしだらけの物産展には。

天井から華やかな音楽が流れ始める。時計が開場の時刻を告げる。

「北海道展、開催です」

空々しいアナウンスが響いた。

「結局、ハナサキガニは届かなかった」

沈痛な面持ちで、大吉が自身の過去を語り終える。御厨の問いに促された形だったが、途中から何かに急き立てられたような口ぶりになった。

視線は足下の蟹から離れない。三十年前の忘れ形見。今、それを目にする大吉の胸に、去来するのは後悔か、失望か。物産展の後、大吉はほおずき亭を辞めた。職場の姿勢が信じられなくなった。北海道展の後もその売り上げに気をよくした親方が、来年以降の出店を明言してしまったのだ。

物産展での出来事を、大吉はありのままに告げられなかった。現実とは思えなかったというのが一つ。けれど本当のところは、あの日のことを思い出すのが怖かったのだ。担当者の職人を見下した表情。いや、あの態度は自分の商売そのものを冒瀆《ぼうとく》しているに等しかった。それは客さえ、人と思っていないのと同じ。

俺はそんな連中とは違うぞ――！　胸に誓って、大吉は自分から店を辞めた。北海道を離れ、各地を転々とし、妻の生まれ故郷である天草の地に落ち着いて食堂を構えた。やがて息子も成長し、親子で店を営むようになって十数年が経《た》つ。

大吉の表情を見守りながら、春花も胸が痛かった。

百貨店のことを、ああも毛嫌いするはずだ。当時の百貨店の仕打ち。信じ難い話ではあるが、全く出鱈目《でたらめ》とも言い切れないのが、この業界の歩んできた歴史だった。

物産展に、地元の物が出品されていない。業者と百貨店の担当者が示し合わせて、商品のラベルをすげ替える。ひどい場合は、アルバイトに土地の方言を覚えさせて、地方の出店者だと偽ったりするのだ。もちろんごく一部のことではあるが、その一部を大手メディアにすっぱ抜かれて社会問題にまで発展したと、当時を知る先輩が、春花にこっそりと聞かせてくれた。

そのスキャンダルが十年以上前のこと。大吉の参加した物産展が三十年前なら、本当に彼が語った通りの、非道が横行していたのかもしれない。

何より、春花が他人事ではいられないのは、大吉の話に致命的な心当たりがあるからだった。

どうして、まだら屋なのか――？

大吉から投げかけられた問いに、春花は何と答えたか。天草といえば海鮮だから。

観光協会に薦められたから。口当たりの良い文句を並べて、本当のところは、まだら屋の「名前」が欲しかっただけじゃないのか。元ほおずき亭の職人が切り盛りする大衆食堂。その経歴が間違いなく、今度の物産展に箔《はく》を付けてくれると期待したのだ。

それはたぶん、大吉が三十年前に受けた仕打ちと同じだった。「北海道の老舗」という名前。中身は二の次で、北陸産でも九州産でも、あるいは外国で獲れた物でも、同じ蟹であれば構わない。「名前」欲しさに声を掛けて、春花は大吉の思いを一つも汲《く》み取《と》ろうとしなかったのだ。

しかも春花にそうさせたのは、あまりに身勝手な動機で——。

「話は終わりだ。合点がいったら、帰ってくれ」

春花たちには目もくれず、疲れた様子で大吉は言い捨てる。

何も言えない春花たちの代わりに、大吉を取り成してくれたのは、息子の良太だった。

「でも、親父。もう三十年前の話じゃないか。今さら、大昔のことを持ち出さなくたって」

「時代が変わっても、人ってのはそうそう変わらない。今でも百貨店の連中は、俺たちのことを『集客装置』としか思っちゃいないのさ。だからあの手この手で、人を引っ張り出そうとする。巻き込まれるのはごめんだね。三十年前だろうと何だろうと、いい加減な商売は余所《よそ》でやってくれ」

「親父、そんな言い方！」

息子の良太が食い下がるが、大吉に取り付く島はない。店の方に踵《きびす》を返した。すでに足下の荷物のことも気にしていない。

「申し訳ございません！」

立ち去る大吉の背中を引き留めたのは、突然の謝罪だった。春花がぎょっとして振り向くと、御厨が腰を九十度に曲げてお辞儀をしていた。

荷物を大吉に届けてから、無言で相手の話に聞き入っていた彼女。それが今にも土下座しそうな勢いで、深く頭を下げている。

流石に立ち去る機会を逸したようで、大吉が怪訝な顔で振り返る。

「なんで、あんたに謝られなくちゃならない」

「物産展に携わる者としての、痛恨事です。当時は当時として、私たちには過去の蛮行に対する贖罪《しょくざい》の義務があります。たとえ、他社の行いであっても」

「その贖罪とやらが、ハナサキガニの配達か？　今さら、当時の荷物が届いたってどうなる。三十年前の俺には、もう」

「いいえ、違います」

相手の言葉を遮って、濃い色のサングラスが鈍く光る。

「これは、下らない見栄に拘るのはお止めになった方が良い、との老婆心からです。三十年前のことを、くよくよと」

いきなり毒舌を混ぜつつ、口調だけは慇懃な御厨だ。はらはらとして、春花はその怜悧《れいり》な顔に目を向ける。流石に窘めるべきだ。今のは謝ろうとしている人間の態度じゃない。

「み、御厨さん！　これ以上、話をややこしくするのは……」

「ややこしいことなど一つもないわ。話は至って単純。まだら屋の料理を、秋の物産展に出品するか否か。それを判断するのがスーパーバイザーである私の仕事です」

「それは、わかってますけど」

「言ってくれるじゃないか、伊達女《だておんな》。俺の何がくよくよしてるって？」

負けん気に火がついたらしい大吉が、正面に立つ御厨を睨《にら》む。

やはり事態はややこしくなるばかりだった。どうしてこの人は、人を怒らせずにはいられないの――!?　御厨の横暴さに、春花は目眩《めまい》すらしてくる。せっかく上司の干渉が止《や》んだというのに、これじゃあ、全くの逆効果だ。

胃が痛くなる春花を余所に、御厨の態度はさらにふてぶてしさを増す。

「求める者に自身の腕を存分に振るってみせるのが、職人の責務ではありませんか？　それができないようなら、くよくよとも、いじいじとも表現いたします」

「話がわかってねえようだな。あんたらに食わせる料理は一つもないのさ。百貨店の連中なんぞに。思い出すだけで虫酸《むしず》が走る」

「なぜ？」

「なぜって……俺は、自分の仕事に誇りを持ってるからだ！　中途半端なあんたらとは違う！　あんたたちみたいにいい加減なことは……」

「半端な、真似《まね》は、いたしません！」

空気が震えるようだった。

春花に向けられたものではないのに、腹の底からきゅっと竦《すく》み上《あ》がった。まるで、人を石に変えようとするメデューサだ。睨まれたが最後、何人《なんぴと》もその眼差《まなざ》しから逃れられない。大吉もそれは同様で、決して視線は逸《そ》らさなかったが、鼻先まで迫った相手に次の句が継げずにいる。

沈黙が支配する中で、遠くタイヤの音がした。店の方に近づいてくる。春花は耳を澄ましたが、その数、三つ四つ……。

おもむろに、御厨が腕時計に目を遣《や》った。「予定通りね」と小さく呟いたのを聞いて、春花は通りを振り返る。道の向こうから車両が集結しつつあった。先ほどと同じ四トントラック。店の裏手は比較的広い空き地だったが、一斉に車両が詰めかけていよいよ満杯になる。数えると、トラックは先着分も含めて五台になった。その全部に、巨大なコンテナが搭載されている。

状況を見守る春花たちの前で、それぞれのドライバーが次々とコンテナに取り付く。扉を開いて、手早く荷下ろしに掛かる。全ての荷物を下ろし切ると、春花たちの前には発泡スチロールの山が積み上がっていた。まるで早朝の市場のようだ。箱のそれぞれから、新鮮な魚介の気配をひしひしと感じる。

箱の前に歩み出て、御厨が堂々と胸を張る。

「ご説明いたします。右から、佐賀県は呼子《よぶこ》のイカ、大分の城下《しろした》カレイ、日南《にちなん》のカツオ、長崎県産のヒラメ。その他、福岡のスズキに鹿児島のカンパチ、ヒラマサ――全て産地直送、混じりっ気なしの逸品です」

淡々と言って、その長い腕を広げる。

誘われるように大吉が箱の一つに歩み寄ると、中から大振りのイカを摑《つか》み出《だ》す。一緒になって、春花も別の荷物に走り寄った。

春花が目にしたのは立派な身のカレイだ。横で高城や良太も、箱の中身を確かめている。全て、九州の名産だった。それも、かなりの上物。ここまでの逸品を集めるのは、ベテランの食品バイヤーでも至難の業だった。

「これが、私たちの本気です」

九州の海の幸の総決算に、御厨は力強い声で続ける。

「過去がどうあれ、私たちバイヤーは本気で物産展と向き合っています。半端なものなど、決して会場に並べたりはしない。私たちは、私たちの命を懸けて、その土地の山海の幸を選び抜いております」

「命懸けだって？」

「日本一の物産展を開くためです。誰もが足を止め、心惹《ひ》かれ、誰かに語らずにはいられなくなる、そんな夢のような物産展。本来『物を買う』とは、そうした特別な瞬間でなくてはならないのです。だからこそ私たちは、商品に嘘はつかない。かねた屋の催事は本物だ。この国の全ての人間にそう言わしめるだけの催しを、この手で実現させると誓っています。全ては、物産展に関わるあらゆる人々の幸福のため。会場のお客様、彼らを迎える出店者、そこで腕を振るう料理人、野菜を育てる生産者、漁に出て魚を獲る者。その全ての人生に報いるため、私たちは半端な思いなど持ってはいられません！」

御厨がバイヤーとして語った決意は、春花の心にも強く響いた。誰もが幸せになる物産展。綺麗事かもしれないが、そういう思いなしに、バイヤーは全国各地を飛び回ることはできない。

仁王立ちのまま、御厨はさらに畳みかける。

「日本一の物産展を。であるからには、私たちに必要なのは最高の食材、そして最高の職人です。本物の海の幸は、ご用意いたしました。今度は、佐久間大吉様、あなたの番です。ご自身の腕が、天草で一番——いえ、日本一であることを、私たちの前で証明してください。磨き抜いてきた技と、あなたの職人としての心意気で。物産展に参加するしないというのは、それからの話です。まずは私たちの能書きを黙らせるだけの、圧倒的な料理を」

「俺の、料理の腕を」

「これは、私たちからの挑戦状です」

大吉の顔を真っ直ぐ見据えて、御厨はそう宣言する。対する大吉は、目の前の荷物を改めて見つめる。一心に視線を注ぐその顔には、もう怒りの色はない。すでに食材を吟味する料理人の顔だ。

「ずいぶん、発破をかけられちまったな」

「親父……」

屈んだ姿勢から立ち上がって、息子の良太に呼びかける。

「天草の料理人が、ここで引き下がったら物笑いの種だ。良太、ここにあるのを全部、中に運び込んでくれ。まずは下処理からだ」

＊

全員で、まだら屋の店内に移動した。

改めて店内を見渡すと、席はカウンターの他にテーブル席が三つ。壁にはずらっと年季の入ったメニューが並び、大衆食堂らしく地元のポスターなども掲示されている。テーブルも床も綺麗に磨き上げられ、清潔でどこか緊張感のある、ぴりっとした雰囲気。休憩中の、静けさのせいかもしれない。

時刻は、午後の五時半。間もなく夜の営業の時間だが、その僅かな猶予を貸し切りにして、店の主人である大吉が黙々と調理の手を動かしている。届いた荷物は一旦鮮魚店の方に運び込まれ、そこで下処理をしてから食堂の調理場へと持ち込まれる。

カウンター越しに、大吉の気迫がひしひしと感じられた。挑戦状とまで言われて、生粋の職人に抜かりがあるはずもなかった。まるで舞台を見ているようだ。カウンターの向こうの板場が舞台上で、それを眺める春花たちは観客席にいる。食堂におけるカウンター席の重要性を、改めて感じさせられる一幕だ。

「あの、本当に私たちだけで食べて良いんですか?」

テーブル席の一つに収まって、春花は店の壁際に視線を向ける。そこには、仁王立ちの御厨が、じっと板場の大吉に目を注ぐばかりだった。春花たちのテーブルに、同席する気配はない。

「食材は、御厨さんが用意したのに」

「食べなくても、私にはわかります」

食品バイヤーらしからぬ物言いに、ふといつか聞いた噂が過る。これから出来上がる料理を、彼女は本当に口にするつもりがないようだった。肝心の試食を春花たちに任せる。店に入って早々、壁際の傍観者を決め込んでいる。

「例の噂、本当だったみたいっすね」

向かいに座る高城が、面白がって耳打ちしてくる。決して試食はしない、という彼女の噂。まだ半信半疑なところはあるが、何かそうするだけの特別な理由でもあるのだろうか。

「お待ちどおさまです。海鮮丼セット、二つ」

　春花たちが御厨に気を取られている内に、調理が終わっていたらしい。席に料理を運んでくれたのは鮮魚店の店主である良太だった。黒い前掛けを外して、食堂用の白いエプロンに替えている。他の従業員は休憩に出てしまっているようで、わざわざ配膳役を買って出てくれた形だ。もしかしたら、この勝負の行方を見届けたいという気持ちがあったのかもしれない。

　料理を前にして、春花は思わず背筋が伸びた。まだら屋名物の海鮮丼だ。イカにカレイ、カツオとヒラメ。他に定番のマグロの赤身と、たっぷりのウニも載っている。思わず息を呑んだのは、丼の中央で抜群の存在感を放っている車海老だ。ようやくの、お目もじだった。天草の名産。どこか、落とし物を見つけた時の気分に似ている。

「氷水に浸《つ》けて、仮死状態にしてあります。殻を剥いて召し上がってください」

「生きてるんですか？」

「新鮮さは、親父のお墨付きです。ただ、醤油をかける時は気をつけてください。丼から跳ねて、逃げかねません」

　説明しながら、良太は悪戯《いたずら》っぽく笑ってみせる。冗談のような口ぶりだったが、案外、本気の話かもしれない。頭《かしら》も健在な車海老は、逃げる機会を窺《うかが》うように時折ぴくんと震えてみせる。

割り箸を取って、「いただきます」と手を合わせた。ちらりと大吉の方を確認したが、春花たちを見るでもなく、すでに別の仕事に取りかかっている。

まずは、定番のマグロの赤身から。一切れ取って、そのまま口に運ぶ。滑らかな食感が、口一杯に広がった。漬け地に浸してあるようで、ほのかに甘い。嚙《か》めば嚙むほど、じわじわと旨味《うまみ》が増してくる。

次にカツオ。こちらも丁寧な仕事がしてある。一嚙みした瞬間に感じたのは、不思議な心地好さだった。口の中に身が馴染《なじ》む感覚。さらに嚙んでいくと、じわっと舌に広がる旨味。後味が清々しかった。すかさず、もう一切れと箸が進む。

「身の厚みの塩梅《あんばい》ね」

春花の反応を見ていたらしい御厨が、壁際に立ったまま、口を挟む。

「一流の職人は、客ひとりひとりに合わせて、ネタの厚みを変えると言うわ。何口で咀嚼《そしゃく》するのか、旨味が最大限に引き出されるのはどれだけの厚みか。もちろん、そのお客の年齢、好み、顎の強さに応じて。包丁の入れ方一つに気を遣うのが、優れた職人の証《あかし》よ」

言われて、何気なく口にしたカツオを、もう一切れ、しげしげと見つめる。裏返すと身に細かく切れ目が入っていた。これもおそらく、咀嚼の回数を考えてのこと。食感としても、他とは違って面白い。

こういうところを見ているんだ——職人の技に感心するのと同時に、御厨の抜け目のなさに息を呑む。壁際でじっと目を凝らしていたのも、大吉のこうした仕事を見逃さないため。ただ味わうだけが、食品バイヤーの仕事じゃない。

一瞬、箸が止まったところで、正面の高城が「うめえ、うめえ」と丼を掻きこんでいる。バイヤーの所作に縁遠かったが、なぜか今は、その食べっぷりが不快じゃなかった。素直に味を楽しむことも時として必要。負けじと、春花も箸を進めた。

九州の幸のヤリイカ。透き通った身がこりこりとして美味しい。カレイもヒラメも、薄く切られているのに十分な旨味がある。サーモンの甘さ、ウニの濃厚な味わい。追いかける酢飯も、米が立っていて全く飽きが来ない。

そして、お待ちかねの車海老。手に持つと、ぶるぶる身が震えるのを感じた。反対の手で頭を摑んで、一思いにぐるっと回す。引き抜くと、綺麗に背腸《せわた》まで取れた。殻を外していき、白い身を露わにする。

今回は、シンプルに醬油でいただく。口に入れた瞬間、身が弾《はじ》けるようだった。弾力と、歯ごたえが楽しい。臭みのない、野性的な甘みを口全体で感じる。一尾しかないのが、残念だった。それでも、目の前にはまだ未開拓の海の幸が広がっている。小鉢のもずくで一息入れつつ、丼の制覇にかかる。

全部を平らげるのに、たぶん十分とかからなかった。本来なら、もう少しじっくりと味わうべきところ。けれど、何かを見逃したとは思わない。目の前の料理を、余すところなく楽しめた気がする。

これがまだら屋の味だった。大将の大吉が、心を込めて作った料理。そこにほおずき亭の名前や、過去の経緯《いきさつ》は関係なかった。美味しいと感じる物に、誠心誠意向き合うこと。それが食品バイヤーの仕事。そして、物産展の在り方だ。

「美味しくいただきました。佐久間大吉様」

板場の大吉に向き合って、春花は席から立ち上がる。相変わらず、大吉は仕事の手を止めなかったが、春花の声に小さく頷く。

「本当に、美味しい海鮮丼。食材の素晴らしさも、職人の見事な技も堪能《たんのう》させてもらいました。天草に来て、間違いなく一番の料理です」

「それが職人の矜持だ。俺は命懸けで、この店をやってる」

「その矜持、私たちの催しでもご披露いただけませんか？　私たちに必要なのは、このお店の海鮮丼だと、改めて実感いたしました。最初はいい加減な気持ちがあったかもしれません……ですが、今は誓って本気です。まだら屋さんの味を、私たちのお客様にも知ってもらいたい。ここの料理が、本当に美味しいから！」

言うべきことを言って、春花はその場で頭を下げる。慌てて高城も立ち上がって、春花の隣で畏《かしこ》まる。

大吉の射貫《いぬ》くような視線を感じた。まだ百貨店のことを信じてもらえないのか。過去の経緯。その胸にわだかまっていた嫌悪感。それをすぐに払拭するのは無理でも、今春花にできるのは、これからの一歩ずつで自分たちの本気を示し続けることだ。

「頭を上げてくれ。かねた屋さん」

初めて大吉が、百貨店の名前を口にする。その声に、さっきまでの刺々《とげとげ》しさはもうなかった。神妙な面持ちは変えず、春花の目を見て続ける。

「俺の腕が必要ってのは、最高の褒め言葉だ。そっちの姉さんの言う通りだな。うじうじするのは止めて、俺も前に進んでみるべきか。それで間違いないよな、良太？」

話を向けられて、良太の顔にも花が咲いたような笑みが浮かんだ。

まだら屋を出ると、すっかり夕暮れだった。

ちぎれ雲が茜色《あかねいろ》に染まっている。

飛行機は間に合わなかったな、と春花は今さら思い出した。時計を見るまでもなく、予約の便はとっくに東京に向かっている。こうなったら最終便で。もう少し、天草の余韻を楽しむのも良いかもしれない。

「先輩、後を追わなくて良いんですか？」

一緒に店を出た高城が、不思議そうな顔で聞いてくる。海鮮丼の後、せっかくだから煮物も焼き魚もと、すっかり天草の美味を堪能した後輩だ。二割増しに膨らんだ腹を、満足そうにさすっている。

「物産展の女。先に帰っちゃいましたけど」

「まだら屋との商談は、私たちに任せるって。実際に食べたのは、私たちだから」

「バイヤー失格だとか、先輩に言っておきながら」

後輩はぶつくさと溢したが、春花には嫌な感情はほとんどなかった。

自分でも不思議な心持ち。けれど御厨京子が、今回の商談を大きく前進させたのは間違いなかった。春花が見落としていたものを力強く補うように。

思えば昨日、報告書を突き返してきた時も、一貫して彼女は春花に何かを伝えようとしているような口ぶりだった。

「物産展のなんたるかを理解していない――」

それが、春花の「動機」を責めるものだったとしたら、彼女の指摘は的を射ている。

結局のところ春花は、自分のためにしか物産展を考えていなかったのだ。

バイヤーとしての将来のため。色物のレッテルを覆すため。そうひたすらに思うあまり、最も大事なことを見失っていた。例えば、大吉の思い。

きっと報告書が却下されたのも、そんな春花の邪念が透けていたからだろう。食べ歩きに必死になるだけで、そこで口にした商品の「思い」も「歴史」も、春花は一つも見ようとはしなかったのだから。

「本当に何考えてるんですかね。あの破天荒な人は」

憑《つ》き物《もの》が落ちたような春花とは裏腹に、高城はまだねちっこく目くじらを立てている。ほんの少し前までは借りてきた猫のように大人しかったのだが、本人のいないところでは威勢が良い。

「なんだかんだ、手柄は自分のものにしそうだし」

「それはその通りなんだから、私たちが怒る筋合いはないわ。良いじゃない。車海老も美味しかったし」

「まあ、そうっすけどお」

最後まで納得できない様子の後輩に、春花はひらりと背を向ける。

鞄の中のスマートフォンに手を伸ばそうとして、思い切ってやめた。上司への連絡は後回し。この際、帰京するまで待たせてやろう。

自然と意地悪な笑みが浮かんで、それを見た高城が怪訝そうな顔をする。

最終便まで、後三時間。

せっかくだから、天草の他の名物も食べて行こう。春花の足取りは軽かった。

革命の苺タルト

世界の終わりに食べるなら苺がいい――。

春花は、無類の「苺好き」だ。大食いのせいで「好き嫌いはないんでしょ？」と周囲からは思われがち。けれど乙女らしい一面だってあるのだ。

まず見た目が好きだった。艶のある赤み、瑞々《みずみず》しい果肉。ちょこんと頭に被った、緑のヘタも愛《いと》おしかった。粒々が、何とも愛嬌がある。

もちろん味も格別だ。癖のない甘みと、仄《ほの》かな酸味。噛んだ時、ふわっと鼻に抜ける爽やかさは春の訪れを予感させる。舌に残るのは独特の濃厚さだ。幾つ食べても、飽き足らない――無論、大食いのせいではなく――女子ならば一度ならず惹き付けられる幸せな魅力が、苺という果実には詰まっているのだ。聖書のイブが食べたのは、林檎《りんご》ではなく苺であると春花は信じている。

もし、大好きな苺を心ゆくまで堪能できたなら……夢見がちに思って、しかし春花が思いを馳せるのは、より現実的な野望だった。

秋の物産展の担当者に任命された。九州の幸を追い求めるという春花にはキャリアの懸かった重責だが、その中で役得と思えた、たった一つのこと。

福岡には、あまおうがある――！

世は「苺の戦国時代」だった。店頭には様々な品種の苺が並び、栃木なら「とちおとめ」、静岡県は「紅《べに》ほっぺ」、北海道の「夏瑞《なつみずき》」などなど、今や「一県に一品」と言われる勢い。各地で盛んに品種改良が行われており、今年の最新ブランド苺が翌年には過去の物とされてしまうことも、決して珍しくはなかった。一説では、世界全体の品種の半数以上が日本で開発されたという話さえある。

その群雄割拠の中にあって、堂々と君臨するのが、苺の王様「あまおう」である。収穫量こそ栃木の「とちおとめ」に譲るとはいえ、その高級感と味わいは、他の追随を許さない。何より、売り場に並んだ時の存在感。でっぷりとした果肉に、赤の濃い色艶、店内の照明にきらきらと輝く姿は一つの宝石を思わせる。

今度の物産展に、この「あまおう」を使った商品を扱えたら――。

秋の九州物産展は二ヶ月後に迫っていた。カレンダーは八月に入っている。

自分の担当する物産展にあまおうを並べたい。それは乙女の夢。春花にとっての楽園だった。それに、あまおうに目を付けたこと自体は間違いじゃないと春花は思っている。物産展の目玉と言えば、やはりスイーツ。圧倒的に女性客が優勢な百貨店にあって主役の甘味は外せない。特に苺は、どの物産展でも人気を誇るキラーコンテンツだ。

あまおうの生産地、福岡県――そこで絶品の苺スイーツを発掘できれば、物産展の成功にまた一歩近づくのは間違いなかった。当然苺好きとして、半端な商品じゃ満足できない。

早速、八方手を尽くして、春花は現地のスイーツ事情を探った。これだと思う商品に出会えたのは、ひょんな経緯からだ。近くに住む親戚から、土産物が回ってきた。苺のタルト。

「何これ？　うまっ！」

一口で、その美味しさに思わず口走った。土産物は冷凍品だ。解凍したものなのに、口の中に滑らかさが残る。

何より苺の味が絶品だった。あまおうのタルト、と商品名にある。業界随一の「あまおう好き」を自認する春花にも、甘みと酸味のバランス、独特の味の濃さ、溢れ出る果汁の多さは、とても冷凍物とは信じられなかった。

現地で食べれば、いっそう美味しいはず――！　タルトの出来も含めて、春花は期待を込めて、商品の発送元である福岡県八女《やめ》市へと飛んだ。八女市は、あまおうの産地として名高い大木町《おおきまち》のすぐ近くである。

件の店舗は、小さな商店街の一角にあった。洋菓子店「カプリス」。可愛《かわい》らしいショーケースに、看板商品の「あまおうのタルト」を見つけた。

見た目には普通の苺タルト。さくさくの生地をベースにカスタードクリーム、大粒の苺、表面に粉糖とミントの葉があしらわれている。おそらく生地自体にも、カスタードクリームが練り込まれている。かといって後味はしつこくない。飾り付けのミントと、何より苺の品質のおかげだろう。

その場で試食して、間違いないと確信した。贈答用の冷凍品より、ずっと味が濃厚だ。生地の食感も、それをしっかりと受け止めている。文句なしの逸品だった。作り手の腕も、一級品だと太鼓判を押せる。

これはもう運命に違いない。苺好きの春花がたぐり寄せた、赤い糸。一期一会の予感にこの幸運を逃す手はなかった。

必ず、店主を説得してみせる。

何としてもこの苺タルトをかねた屋に持ち帰りたい――！

「あの時の蓮見さんには、本当に驚かされました」

苦笑の中に、若干の照れも滲《にじ》ませて、オーナーパティシエの櫛枝正樹《くしえだまさき》は、大きく頷いた。向かい合った春花は、恐縮する一方だ。

福岡県八女市。郊外にある商店街の片隅に洋菓子店「カプリス」はある。こぢんまりとした店内だった。広さは、調理場を含めて十坪程度。可愛らしいショーケースはぴかぴかだが、それ以外に店に商品を置くスペースはない。店を切り盛りするのも、店主の櫛枝とパート勤めの主婦が一人いるだけ。地元密着の、まさに隠れた名店だ。

「先日は、急に押しかけて申し訳ありませんでした。お店の都合も考えず」

「いえいえ、うちのタルトを食べにわざわざ東京からいらしてくれたなんて、感動でしたよ。まさか、一ホールも平らげてしまうなんて」

「不肖の大食いなもので……」

さらに小さく縮こまって、春花はひたすら頭を下げる。店にとっては電撃的な訪問だった。思い立ったら吉日だが、あの時の春花は流石に度が過ぎていた。アポイントもなしに押しかけて、すっかりカプリスのケーキに魅了されてしまった。

日を改めて、二度目の訪問となった本日だ。

「あの時、蓮見さんが来てくださったお陰で、私も踏ん切りがつきました」

まともに顔も上げられない春花に対して、店主である櫛枝の声は柔らかい。三十後半の落ち着いた感じの男性だ。体格はかなりがっしりとしている。パティシエというのは、意外に体力勝負なところがある。

濃い眉に、頑丈そうな頬骨。笑うと、いかにも愛想の良さそうな皺《しわ》が口元にできる。上下白の調理服で、頭に被った赤いキャップが特徴的だった。いつでも背筋がぴんと伸びていて、料理人である前に人としての誠実さに溢れていた。

「物産展のこと、前向きに考えていただけましたか？」

「実際のところ戸惑いました。何しろ、まだ店を構えて三年です。パティシエとしての実績は、同世代に後れは取らないと自負してますが」

「櫛枝様は、博多《はかた》の方で修業されていたんですよね？」

「ええ。福岡の生まれで、専門学校も地元を選びました。それで独立して店を構えるなら、やはり生まれ故郷の八女市だと」

「素晴らしいお店だと思います。商店街の中にあって、地元の方に愛されて」

「ほとんど、自分一人でやっているような店です。とても、大きな洋菓子メーカーには太刀打ちできません。その代わり、自分が愛するケーキを地元の人たちにしっかり届けたいと思い、カプリスを開きました。それは胸を張って言えると思います」

熱意の籠もった眼差しが、カプリスの店内に向けられる。内装といい、気の利いた小物といい、店の至る所に店主の思いが溢れていた。赤を基調とした壁紙は、おそらく看板商品である「苺のタルト」を意識したものだろう。店頭の庇《ひさし》にも、同じ色が使われていた。

何よりこの店は、あまおうの使い方がずば抜けている。

「櫛枝様。私は、カプリスさんのケーキが東京でも通用すると確信しています。きっと、百貨店のお客様にも喜んでいただけるはず。そういう商品を、私たちは物産展に持ち帰りたいんです」

「お電話でもお話しさせていただきましたが……今回のご提案、自分は受けてみようと思っています。もちろん、初めてのことで不安はありますが、こんな機会は滅多にありません。うちのケーキを美味しいと言ってくれたこと、素直に嬉しいです」

「是非、ご一緒させてください！　カプリスのケーキをもっとたくさんの方に知っていただきましょう！　となると、後は経営の問題になるかと思いますが」

気持ちの逸《はや》る春花だが、先にビジネスとして確認すべき点がいくつもある。物産展の出店費用は基本的に出店者側の持ち出しで、店側の負担を考えると半端な段取りで話を進めるわけにはいかないのだ。

口元を引き結んだ春花の表情に、店主の櫛枝はしっかりと頷く。

「物産展の期間中、店を閉めるのは仕方ないと思っています。パティシエは、自分一人なので。そこは、かねた屋さんのお仕事の方に集中させてもらうつもりです」

「ありがとうございます。それと、肝心の商品に関してはいかがですか？　物産展の開催は秋なので、苺の旬からは外れてしまうかと」

「幸い、契約している農家さんが、秋から立派なあまおうを育ててくれています。春先に比べたら確かに収穫量は減りますが、それでも十分対応可能です。物産展には、最高のあまおうのタルトをご用意します」

その声を聞いて、嘘や誤魔化しはないと、春花は確信できた。

この店にならば、物産展の一席を安心して任せられる。初出店ながら、大ヒットも十分狙えるだろう。向かい合う櫛枝の表情には、年齢以上の深い人間性が見て取れる。

「これで、妻にも喜んでもらえると思います」

あれ、と春花が違和感を覚えたのは、その声に少しばかりの影が滲んでいたからだ。櫛枝の顔にも苦渋の色が見て取れる。「あの」と声を掛けようとして、春花はその先を言《い》い淀《よど》む。何か、触れてはいけないことのように感じられた。

「こちらは何という商品ですか？」

と、いきなり声が割り込んできて、思わず春花の肩が跳ね上がる。

聞き覚えのある声だった。一瞬身を強張らせて、そろりと後ろを振り返る。ショーケースの正面にやはり見覚えのある人影が。

赤いジャケットにタイトスカート。紫のスカーフも健在だ。記憶の通り濃いサングラスに表情を隠した彼女に「当たり前」は通用しない。店のドアが一切の物音を立てなかったとしても、入り口のドアに「クローズ」の看板がかかっていようと、誰にも彼女の侵入を防ぐことは不可能だった。

「すみません。今は店を閉めてまして」

客だと思ったらしい櫛枝が、立ち上がって応対に出る。

その正面に躍り出て、先手を取ったのは赤い女だ。胸ポケットから革のケースを取り出すと、櫛枝の鼻先に真《ま》っ新《さら》な名刺を突きつける。

「わたくし、株式会社かねた屋、営業本部営業企画室所属、催事企画担当のスーパーバイザー、御厨京子と申します」

「御厨、さん？」

「蓮見の上司にございます」

物産展の女――！

催事担当のスーパーバイザー。春花の上司と彼女は言うが、それも異例中の異例の事態。春花の職分にずかずかと踏み込んでくるのが、御厨京子という人物だった。

そもそも、春花がカプリスにいることを彼女はどうして知っているんだろう？　まさか、部署の上司が話したのか。こんなことになるんじゃないかと、社内の予定には「福岡行き」としか書かなかったのに。

「物産展の件でしたら、ちょうど今、蓮見さんと」

「その前に、こちらの商品についてお聞かせ願えますか？」

櫛枝の声を遮って、御厨が言い募るのはショーケースの商品についてだった。

カプリス自慢のスイーツが整然と並ぶ中、左隅に変わった形のカットケーキが置かれている。生地は綺麗な正方形。上にたっぷりの桃が載っている。他の商品と違って、商品札は見当たらない。

覗き込んで、店主の櫛枝が「ああ」とひとつ頷く。

「それは季節の新作です。ただ、まだ試作の段階なので、常連のお客様向けに試食用で置いてあるだけで」

「売り物ではない？」

「ええ。今のところは」

返答するのにわずかに言い淀んだ櫛枝だったが、それに御厨は「うん」とも返さない。しばらく桃のスイーツを凝視した後、当惑する櫛枝を余所に彼女はおもむろに胸を張る。言い放ったのは、いっそう強引な宣言だった。

「では、こちらの商品、次の物産展に出品していただきましょう」

「えっ」と櫛枝の表情が固まる。

流石に、春花も黙っていられなかった。

「ち、ちょっと、御厨さん！」

二人の前に飛び出して、赤服の腕を強引に取る。店の隅に引っ張っていき、ぎりぎり彼女にしか届かない小声で言った。

「勝手なことはやめてください。私の取引相手に」

「勝手とは？」

「頭越しに商談をされては迷惑です。何かあるなら、前もって相談を」

「あなたがどこのどんな店舗に目を付けたのか、それを知るのも私の仕事です。それにあなたのわかりやすい行動なら、目を瞑《つぶ》っていても把握できるでしょう。苺に釣られて、のこのこ福岡まで来たことも」

「い、苺は悪くないですから！　そもそも、カプリスさんの企画はもう決定してるんです。店主の櫛枝様と話し合いました。私がこのお店で、一番に感動したケーキ。あまおうのタルトを措《お》いて他に相応《ふさわ》しいスイーツはありません！」

自信を持ってそう告げると、美麗な顔がもう一度ショーケースの方を向く。その上段中央に、店の看板商品である「あまおうのタルト」は並んでいる。

「私もそのつもりです。苺のタルトは創業以来、地元のお客様に愛していただいている商品です」

春花の声を聞きつけて、店主の櫛枝も話に加わる。三年前から変わらない味だと、思い入れたっぷりに語ってくれた。春花以上に、苺タルトへの拘りは強いはずだ。

しかし店主本人の加勢にも、御厨は表情一つ動かさない。相変わらず、ショーケースの苺タルトをしげしげと観察している。手に取るようなことはしなかった。「食べなくてもわかる」が彼女のバイヤーとしての信条だ。たっぷり三十秒は凝視してから、改めて春花たちに向き直る。

「率直に申し上げます。この苺タルトは、当百貨店の物産展には全く相応しくありません」

「え、なんですって？」

「櫛枝様。物産展とは、最高の商品がひしめき合う現場です。僭越《せんえつ》ながらこちらのタルトは、それだけの価値を持ち合わせておりません」

「うちのタルトを、食べもしないで」

「謝ってください、御厨さん！　いくらなんでも失礼過ぎます！」

見かねた春花が割って入るが、御厨が頭を下げる気配はない。相変わらずこの人は誰かを怒らせてばかり！

「どうなってるんですか、蓮見さん？」

流石に櫛枝も怒気を含んだ声で、春花に詰め寄る。このままじゃ、出店自体がご破算になりかねない。せっかく、店主は物産展に前向きだったというのに。

「お父さん、どうしたの？」

予期せぬ声が飛んできたのは店の入り口からだった。ドアから顔を覗かせて、小さな子供が不安そうな表情をしている。お下げ髪の十歳くらいの少女。背中の赤いランドセルが眩《まぶ》しい。

「詩織《しおり》」

櫛枝が呼びかけると、たまたま春花と女の子の視線が合った。「あ」と何かに気づいたように女の子は険しい表情を見せる。そのまま急に踵を返した。からん、と扉の鐘が乱暴な音を立てる。

「詩織！」と今度は焦ったような櫛枝の声。追いかけようとして、しかし春花たちの存在を気にして何かを躊躇《ためら》うようだった。

「すみません……」

頭を下げて、そのまま深く項垂《うなだ》れる。

その一部始終を目にしながら、御厨はじっと無言のままだった。

＊

「ほんっとに、信じられない！」

コップにひびが入りかねなかった。それくらい春花の苛立ちは極まっている。目の前の水を一気飲みして、すぐさまテーブルの苺サンドに手を出した。輪切りの苺とたっぷりのクリームが入った店員のお薦め。加えて、苺のムースに苺パフェ。春花には明らかにやけ食いだった。

洋菓子店「カプリス」と同じ商店街にある喫茶店。午後の三時を過ぎた時刻に、客席は疎《まば》らだ。「苺のスイーツはいかがですか？」と勧められて、春花は迷わずメニュー表の上から下までを指差した。「苺サンドは二皿」と言った時には、流石に店員の顔は青ざめていたが。

「先輩。ケーキ屋の商談の後に」

荒れる春花を前にして、面白がって指摘するのは後輩の高城。春花がカプリスで商談している間、彼には他の取引先への挨拶回りをお願いしていた。今回の出張は、これまで以上に時間の余裕がなかった。この後輩一人では心許《こころもと》ないのは百も承知だが、せめて付き合いのある店舗くらいはと祈るような思いで送り出した数時間前だ。

喫茶店で合流し、今のところ春花のスマートフォンに苦情の電話は入っていない。

「だって頭に来るじゃない。また、人を引っかき回すようなやり方」

春花のむかっ腹がいつまでも収まらないのは、カプリスでの一件がどうしても許せなかったからだ。御厨京子の横暴に今回も巻き込まれた形だった。高城を前に文句を連ねて、なおもやけ食いの手が止まらない。

苺サンドで口を一杯にする春花に、ますます高城はからかう口調をあからさまにする。

「でもこの前は一応、あの人に助けられたじゃないっすか。天草での一件。ハナサキガニが届かなかったら、海鮮丼も食わせてもらえませんでしたよ」

「確かにあの人の機転には助けられたし、食品バイヤーとしてはすごい人だって理解してる。私もたくさん気づかされて……でもよくよく考えたら横暴が過ぎるわ。私たちに何の相談もなしに。それに、手配した海鮮の代金の扱いよ！」

「だはははは！　あれ、先輩が領収証、押しつけられたんでしたっけ？　カニからヒラメから、九州の名産を全部」

後輩は爆笑するが、春花にとっては笑いごとじゃなかった。物産展の予算は事前に決められている。その中から春花たちは、九州各地への出張費用も賄っているのだ。当然春花のフリーハンドではなく、財布の紐は嫌みな上司がきつく握っている。

目玉商品を発掘するにはある程度の出費は仕方ないが、勝手が過ぎると上司からぐちぐち文句を言われるのは春花なのだ。

「前回の借りは借りとして、やっぱり私はあの人のことを認めたくない。天草のことだって、私はまだ『バイヤー失格』って言われたままだし。今回のカプリスさんの件も、私の頭越しに。何より、苺を却下するなんて！」

「まあ、今日の話を聞く限りじゃ、流石にフォローは難しいっすね。先輩は例のタルトに惚《ほ》れ込《こ》んだわけだし。俺も美味いと思いましたよ。それを別の試作品に乗り換えるんじゃ、嫌がらせと同じっすから」

「ちょっと、何で高城君が彼女をフォローする必要があるの？　苦手だって言ってたじゃない。美人は嫌みだって」

「あー、これ、広報部の同僚から聞いた話なんすけど、どうもあの物産展の女、社長直々のスカウトらしいっすよ？」

「社長直々？」

「九州物産展は、社運が懸かってるって専らの噂ですから。まあ、そういうわけで長い物には巻かれとけっていうか。それに、きつめの美人も俺的には意外にツボかも」

でへへと笑う高城に、春花は呆れるしかない。

社長案件というのは驚きだが、それくらい会社も本気ということだろう。同時に、我が身の信用のなさを痛感せずにはいられない。秋の物産展の担当者は、紛れもなく春花だというのに。

「とにかく、カプリスの件は絶対に譲らないから。今回の出張、福岡にいられるのは明日一杯だけど、もう一度店主に会って話をまとめてくる。あまおうのタルトは、必ず秋の九州展で扱ってみせるわ！」

「それなんすけど、結局向こうは何て言ってるんですか？　カプリスにとっても、あまおうのタルトは看板商品なんすよね？　それを貶《けな》されて、腹を立てるだけじゃ終わらないと思うし。もしかして『かねた屋は出禁だ！』とか」

「それに関しては」

記憶を振り返ろうとして、春花はどうもすっきりしない。当然、店主の櫛枝は混乱していた。たぶん怒っていたと思う。けれどそれをはっきりさせる前に、春花は店を後にするしかなかったのだ。「今日はもう閉店にします」と櫛枝はいきなり言い出した。店を閉めて、どこかに向かう素振りだったけれど。

おそらく、あの女の子が関係しているに違いない。櫛枝のことを「お父さん」と呼んでいた。櫛枝に娘がいるのは初耳だったが、そう言えば、奥さんの話もちらりと話題に出ていなかったか。あの時も、店主の顔には複雑な感情が透けて見えた。

「先輩、あれ」

深く考えに沈んでいたところ、後輩の声に気づかされる。指を差していたのは店の外だった。ガラス張りの喫茶店。春花たちの席の延長線上に小さな人影が佇んでいる。背中にあるのは赤いランドセルだった。春花の顔を見つめて、ぺこりと小さく頭を下げる。お下げ髪が頼りなく揺れた。

向かいの席に座らせて、オレンジジュースを注文した。保護者のいないところで、飲食をさせるのは不適切かもしれない。相手はまだ小学生だ。ランドセルの側面に「4年3組」と札がぶら下がっている。

それでも、彼女が自分の意志で、春花を訪ねてきたのは間違いなかった。たぶん、カプリスの前から見られていた。同じ商店街の喫茶店に入るのを確認して、ずっと声を掛けるのを躊躇っていたのだろう。彼女の顔にはさんざん迷った疲れと、思い切った決意の色が見て取れる。

「さっきは、ごめんなさい」

オレンジジュースには手を付けず、目の前の少女——櫛枝詩織は、さっきと同じように小さくお辞儀をする。可愛らしいお下げ髪。頰の赤みに、まだ幼さが見て取れる。黄色のワンピースを着て、きゅっと両手を膝の上で握っている。たぶん緊張しているのだろう。春花から誘って同じテーブル席に座らせたが、まだ春花の顔をまともに見られないでいる。

「お店から急に逃げちゃって。私もびっくりしたから」

「ううん、気にしないで。詩織ちゃんって、呼んで良いかしら？」

「はい」

「ありがとう。お父さんのお店に、押しかけたのは私たちの方だから。学校の帰りだったんだよね？　それで、私たちに出会《でくわ》した」

「いつも家に帰る前に、お店には寄るようにしてるから。お父さん一人で、お店はいつも大変だし」

「お手伝いしてるんだね。それで、私たちに何か話が？」

水を向けるが、詩織はなかなか話を切り出せないでいる。彼女が、どうして一人でここに来たのか。それはこれから聞くしかないけれど、確かなのは父親抜きで話し合おうとしていることだ。

「どうしてお店のタルトを、よそで売らなくちゃいけないんですか？」

絞り出すようにして、ようやく口にした彼女の思いだった。つぶらな瞳が不安定に揺れている。

「東京のデパートの人なんですよね？　お父さんに聞きました。今度、お店のケーキを東京に持って行くって」

「私たちは、お父さんのタルトが素晴らしいものだと思っているの。本当に美味しい苺のタルト。それを、もっとたくさんの人に知ってもらえたらって」

「それって、東京じゃなくちゃ駄目なんですか？　今のお店だけで売っていても、もっともっと、たくさんの人に知ってもらえる」

「それは」

見た目の印象とはだいぶ違う、はっきりとした声だった。芯の強さを感じさせる。問いかけられて、言葉に詰まったのは春花の方だった。

「君はお父さんが物産展に出ることに反対なの？」

意外にも高城が助け船を出した。難しい年頃の少女に対して、なかなか思い切った物言いをする。いつも通り、ただ空気を読んでいないだけかもしれないが。

「苺のタルトは、お母さんのケーキなんです」

高城の問いを無視するようなことはせず、それでも思い詰めた表情で詩織は言った。引き取って、改めて春花が問いかける。

「お母さん？」

「お父さんと同じお菓子の職人でした。二年前に、病気で死んじゃうまで」

唇を嚙んだ詩織の表情に、「ああ」と春花は合点がいく。櫛枝正樹が、自分の妻について語った時の様子。微妙な違和感は、死に別れた切なさのためだった。

涙を堪《こら》えるようにしながら、詩織が続ける。

「カプリスは、お父さんとお母さんが一緒に作ったお店です。私も小さかったけど、たくさん一緒に話をしました。お店の雰囲気とか看板とか。壁の色を赤にしようって言ったのも、私なんです。お母さんは、それは本当にいい考えねって褒めてくれて。だけど一年もしないでお母さんは病気で……」

「そう、だったのね」

「だからって、私は全然寂しくありません。お父さんもいるし、それにお母さんが作ったお店が残っています。そこにあるケーキも。今お店にある商品は全部、お母さんが考えたレシピです。お母さんは本当にすごいパティシエールだったんです。お父さんと同い年だけど、ずっと若い時に東京までケーキの勉強をしに行って、大きなお店で大活躍してたって。それでこっちに帰ってきてから、お父さんと結婚したって」

「それじゃあ、あまおうのタルトも」

「苺のタルトはお母さんの一番のお得意です！　お母さんの家は昔、苺農家だったから。それで福岡の苺を使ってるんです。あのタルトは、お母さんがこの街の人たちのために、ここで暮らしてるみんなのために作ったケーキです。それを他のところに持っていくなんて反対です！」

「あのね、詩織ちゃん。別に、お店からケーキがなくなるわけじゃ」

「そういうことじゃないから！」

再び口を挟んだ高城だったが、今度は少女の癇癪《かんしゃく》の前に撃沈する。「ひえっ」とみっともない声まで出して、高城の視線は脇へと泳ぐ。

もう一度、春花が前に出るしかなかった。精一杯の笑みを作って、詩織と向き合う。

「詩織ちゃん。私たちは、きちんとカプリスの味は守るつもりよ。その点は、ちゃんとお父さんとも話し合うから」

「味は同じでも、今までと違うことをするのが反対なんです。お母さんがいた頃は、三人で何でも話し合って決めました。今度はこんな商品を作ろう、とか。お薦めのケーキを壁に張り出そう、とか。でもお母さんがいなくなって、それもできなくなりました。だから、今までとずっと一緒が良いんです。東京に行くなんて、そんなの」

「私たちは、カプリスのことを考えて」

「カプリスはお母さんのお店なんです！　苺のタルトと一緒に、私たちに残してくれたお店。私は、お母さんが決めたことを変えたくありません。あまおうのタルトもこのままずっと、お店だけで売っていくのが一番良いんです」

「詩織ちゃん……」

「もうお店には来ないでください。お父さんに変な話をしないで。私は、カプリスを守るって決めたんです。東京の物産展になんて、絶対出たくありませんから！」

思い詰めたような顔をして大粒の涙を流す少女。春花はもう言葉が出ない。

「あのタルトは、お母さんの思い出なの！」

立ち上がって最後に言った声には、春花たちを刺す棘があった。

詩織が去った後、しばらく春花たちは席を動けなかった。店が空《す》いていたのは幸いだった。もっと客がいたら、商店街中の噂になっていたかもしれない。いや、すでに手遅れかも。少なくとも、店員の女性は春花たちに胡散臭《うさんくさ》そうな視線を向けている。テーブルに残された手付かずのオレンジジュースが、まるで春花を責めているみたいだった。子供扱いして済む話じゃなかった。問題は彼女の人生を巻き込んだ、もっと切実なもの。カプリスには櫛枝家の思いが込められている。

「無様ね」

溜息もつけなかったところを、いきなり背後から声を聞く。いい加減、ぎくりとするのもうんざりする響きだった。声は奥のテーブル席から。

そこに一人、長い脚を組んで御厨が座っている。サングラスは健在だ。

春花が入店した時は、赤い影は見当たらなかった。詩織と話をしている間に紛れ込んだのだろうか。あるいは最初から、少女の後をつけていたのかもしれない。さっさと一人でカプリスから消えて以降、どこにいるかもわからなかった御厨だ。

もう一度「無様ね」と繰り返して、御厨は春花たちに向き直る。彼女のテーブルには、飲みかけのアイスコーヒーが置かれている。試食は御法度でも、少なくとも水分は摂取するらしい。

「私の前で啖呵《たんか》を切っておきながらこの有様《ありさま》。食品バイヤーの風上にも置けないわ」

「話を聞いてる段階です。これからちゃんと対応策を考えて」

「なぜ答えなかったの？」

ずばりと問いつめられて、思わず「えっ」と声が出る。何かが春花の胸を刺したようだったが、その正体に気づく前にサングラス越しの視線が春花を射貫く。

「なぜ、彼女の質問に答えなかったのか、と聞いているの。『どうしてお店のタルトを、よそで売らなくちゃいけないんですか？』。あれは櫛枝詩織の心からの問いかけだったわ」

「それは、いきなりだったし。その後で、もっとたくさんの人にカプリスのケーキを知ってもらいたいと」

「その言葉は、櫛枝詩織には響かなかったわ。彼女の聞きたい答えじゃなかった。むしろ、誤魔化されたと感じたはずよ」

「でも」

「答えを持ってなかったのでしょう？」

さらに視線の棘を鋭くして、御厨は春花を追い詰める。胸の痛みが、いっそう疼《うず》くような気がした。

「地方の物産を、百貨店で売ることの意味をあなたは持ち合わせていなかった。やはり、食品バイヤー失格ね」

一方的に言い放って、御厨は席を立つ。「これをお願い」と彼女の分の伝票を押しつけられてしまったが、もう春花は驚かなかった。

赤い影が退店する。

取り残された春花の胸に、苦い気持ちが込み上げた。

＊

物憂い、福岡の夜だった。

八女市の駅前にホテルを取って、春花は出張二日目の夜をやり過ごす。

明日には福岡を離れなければならなかった。カプリスの問題を解決するのに、春花に残された時間はあと半日。それを過ぎたら、しばらく福岡まで足を運ぶ機会はないだろう。電話やメールで解決できる問題とは、とても思えない。

「ああ」とふかふかのベッドに横たわって、春花は眠れない夜を自覚する。時刻は夜の十一時を過ぎていた。

出張の多い仕事柄、春花は睡眠にはかなり気を遣っていた。旅行鞄に愛用のアイマスクは欠かさなかったし、パジャマや歯ブラシもホテルの備品は使わず、常に私物を持ち歩くようにしている。寝付きの悪い時は温かいカモミール茶で気分を解《ほぐ》して、翌日の食べ歩きに備える――。

わかってはいても、今日ばかりは早く寝付くのは難しそうだ。頭の中を、ぐるぐると昼間の一件が渦巻いている。それに、スマートフォンの画面から目を離せない事情があった。

指がぎこちなく検索サイトのページをなぞっている。検索バーに打ち込んだのは「玉据光《たますえひかり》」という名前。結婚後の名字は櫛枝。カプリスの創業者の一人にして、正樹の妻。そして、詩織の母親の名前だ。

事前調査はバイヤーの基本。いつか御厨が言った台詞だが、言われるまでもなく、春花の信条の一つでもある。カプリスについても、なるべく情報は漁《あさ》ったつもりだった。今では大概のことが、ネットを通して調べられる。

実際、櫛枝正樹に関しては、彼が卒業した専門学校、その後の勤め先、カプリスを構えてからの活躍も、ネットの海から拾い上げることができた。

けれど、妻に関しては、春花には一つも心当たりがない。櫛枝の声に違和感を覚え、詩織が全てを語ってくれたことで、ようやくその輪郭が摑めた程度だった。あの後すぐ、スイーツ業界に強いバイヤー仲間に連絡して、「もしかして、彼女のことじゃない？」と教わり、ようやく「玉据光」の名前を知った。

判明した名前から手繰ったところ、彼女もまた優秀な洋菓子職人だったようだ。福岡の八女市の出身。実家は苺農家を生業にしていた。両親が畑を畳んだのを契機に東京の製菓学校に入学し、そのまま東京の大手洋菓子店に勤務。若くして店長まで務めたらしい。その後は複数の店舗を渡り歩いて、地元の八女市に戻ったのが、二十六歳の時。直後に櫛枝と結婚し、その八年後、夫と共に洋菓子店「カプリス」を立ち上げた――。

特に気になる経歴はなく、地元思いの聡明《そうめい》なパティシエールという人物像が浮かび上がってくる。苺のタルトに思いを込めたという話も、詩織の話と一致する。彼女にとって、苺は何より身近な存在だったのだろう。

しいて違和感を挙げるとしたら、夫になる櫛枝とは違って、地元ではなく東京の製菓学校に通ったことだが、志が違えば向かう先が異なるのも頷ける話で――。

つまり、行き詰まったというのが結論だった。玉据光の朧《おぼろげ》気な影を踏んだ程度。

そもそも彼女の経歴を追ったところで、この状況の助けになるかは微妙だった。障害になっているのは詩織の気持ち、家族の問題。

どうして苺のタルトを、物産展で売る必要があるのか――？

春花がまだバイヤーとして駆け出しの頃、先輩から「より安く、より良い物を、より適切な時期に」とバイヤーの基礎を教わったが、それで詩織の疑問に答えられるとはとても思えない。

となると、御厨の指摘を認めるしかない。それが、寝苦しい夜の正体だった。

食品バイヤー失格。言われたのは二度目だ。どちらも商談に苦戦している状況だったから、やはり春花に反論はできない。

また、何か大事なものを見落としてしまっているのだろうか。まだら屋の時も春花は当初、大吉の心にきちんと寄り添うことができなかった。今回も食品バイヤーとして、春花に足りないものがあるのだとしたら。考えるほどわからなくなる。バイヤーとは何か。物産展の意味とは。こんがらがった思考は眠りを遠ざけるばかりで……。

スマートフォンの着信音で、春花は目を覚ました。どうやら、いつの間にか眠ってしまったらしい。からからの喉を鳴らして、春花はベッドから起きあがる。

スマートフォンの画面を見ると、高城からの電話だった。後輩も隣室で明日に備えているはず。こんな夜遅くに電話とは不可解だが、とにかく通話ボタンを押した。耳に響いたのは、一方的な喚《わめ》き声《ごえ》だ。

――先輩、助けてくださいよお！

「高城君、どうしたの？」

――どうもこうもないっすよお！　いきなり外に呼び出されて、言うことを聞かなかったら、あのことをばらすって。

「ばらす？　何か隠しごとが」

――あ、いや、それは先輩にこそ秘密で……って、そうじゃなくて！　俺は――から、本当に――てるつもりで――。

背後の騒がしい音が邪魔をする。工事現場の近くにでもいるのだろうか。大勢が動き回っているような気配に加えて重々しい機材の音もする。とにかく、高城は助けを求めているらしい。彼の口ぶりでは誰かに脅されてるとも。

「高城君。まずは場所を教えて。どこに呼び出されたのか」

――気をつけてください、先輩！　俺はもう、ぼろ雑巾で。

そこまで言ったところで、急に後輩の声が遠ざかった。騒音に紛れたのとも違う。電話口に、誰か別の気配を感じた。ぞくりとするのは覚えのある感覚。きびきびとした声が、電話越しに春花の耳を打った。

――蓮見春花。今すぐ、カプリスまで来なさい。

「その声、御厨さんですか？　どうして、高城君を」

――詳しい説明は後。あなたにやってもらいたいことがある。

「私に？　何をしようとしてるんですか？　カプリスまで巻き込んで」

――もちろん、秋の物産展への布石よ。最高の物産展を開くため、私たちは最高の商品を用意しなければならない。

「最高の商品って」

――とにかく一刻を争うわ。腹を括っていらっしゃい。

鬼気迫る物言いに、春花の声も続かない。足が竦むようだった。後輩が人質に取られたようだが、それを抜きにしても、彼女には逆らいがたい迫力がある。

呻くように、かろうじて声を絞り出した。

「カプリスで、何を……？」

御厨は厳かに言った。

——苺の真実を。

＊

櫛枝詩織は、遠回りが苦手だった。思いついたことを、すぐ口にしてしまう。そのせいで、学校の友達と喧嘩になることも多かった。詩織ちゃんはときどき怖い——親友のマキちゃんとユミちゃんに言われて、なるべく詩織も気をつけようと思っている。

「お母さんに似たんだな」

と父親に言われた。自分の目標に真っ直ぐ。そんなところがお父さんは大好きだったんだ、と。

だったら、東京に行くのなんてやめたらいいのに——。

真っ直ぐカプリスに向かいながら、詩織はもやもやとした気持ちを持て余していた。

学校が終わったら、まずはお店に寄るのが詩織の習慣。父親の仕事を手伝いたかったし、店にいれば、今はいない母親を身近に感じられた。あのお店は、お母さんのものだ——母親が死んで二年。今でも、詩織の気持ちに変わりはない。

二年前まで、学校から戻ると両親が二人で詩織を出迎えてくれた。毎日ではないけれど、三時のおやつに、お店のタルトも食べさせてくれた。

そうやって三人で過ごす時間が、詩織は大好きだった。お父さんは調理場で次の日のケーキの準備をしている。お母さんはレジに立って、詩織が話す学校の話を楽しそうに聞いている。二人の顔を見ながら、口一杯に頬張る苺のタルトは、詩織には世界一美味しいご馳走だった。

今でもお店のドアを開けたら、「おかえりなさい」と笑って出迎えてくれるような気がする。だって、二年前と一緒だった。お母さんと一緒に決めた店の壁紙。ずっと変わらないショーケースのケーキたち。そして看板商品の苺のタルト。「いつもと同じだね」とお客さんも喜んでくれる。ずっと変わらないでいてくれるから、いつだって詩織も、お母さんのことを思い出せるのだ。

それなのに、物産展なんて――。

詩織は、絶対に反対だった。昨日は百貨店の人たちに色々と文句を言ったけれど、詩織が一番に思うのは、お店を変えたくないという強い気持ちだ。

物産展のことを、詩織も学校で調べたりしてみたが、近所のスーパーや商店街のお祭りとは全然違った。いろんな場所から、いろんな人たちがやって来る。物産展に出た後で、がらっとお店が変わったという話もあった。お金をたくさん稼ぐと、大人の考え方は変わってしまうらしいのだ。

全然、繁盛なんてしなくて良い。人気店になんかならなくても、地元のお客さんたちが今まで通りカプリスのことを支えてくれる。

だから、お母さんがいた頃のまま。ケーキも同じ。お客さんも同じ。

だってそうじゃなかったら、本当にお母さんがいなくなってしまう——。

早足で歩いて、カプリスはもう近くだった。学校からカプリスまで寄り道しなければ十分で着く。友達と一緒に帰ることもあるけれど、今日はどうしても急いでお店に着きたかった。東京の百貨店の人たちが、またお父さんに会いに来てるかもしれない。

どきどきする胸を意識して、詩織はカプリスの前まで走る。思い切って顔を上げた時、詩織の足は自然と止まった。変だ——何が変なのか、すぐにはわからなかったけれど、お店の前で詩織は混乱する。

そうだ。色が違うんだ。カプリスの目印である赤。庇も看板も、お母さんと話し合って決めたはずが、なぜか「黄色」に変わっている。違う店かと思ったけれど、看板には見慣れた「カプリス」の文字。

お店の前に、荷物が一杯のトラックが止まっていた。嫌な予感がして、詩織は店のドアに飛びつく。からんと開け放って、詩織は叫び出しそうになった。全部違っている。壁の色も装飾も。赤色だった壁紙は外の看板と同じ黄色。母親と一緒に選んだ小物は、知らない国の旗や置物に代わっている。

一番ショックだったのは、ショーケースの中身だ。全部空っぽ。何より苺のタルトが見当たらない。お母さんの、特別な気持ちが込められたケーキ。三年前から、ずっと置き場所は同じだった。レシピは少しも変えていないと、お父さんも特に大事に考えていた。その看板商品がいつもの場所からなくなっている。

「お父さん！」

文句を言おうとして、けれど詩織の視線は、別の人の顔とぶつかった。レジのところに真っ赤な服を着た女の人が立っている。昨日お店にいた、百貨店の人！　思い出して「やっぱり今日も来た！」と詩織は腹が立った。お父さんに、変な話を吹き込んだ。もしかしたらお店の中をめちゃくちゃにしたのも、この女の人。

「櫛枝詩織さん。お待ちしていました」

詩織の方を向いて、赤い服の女の人はゆっくり話しかけてくる。大人に言うみたいな話し方だった。こんな態度で話してくる人に、詩織は今まで会ったことがない。もしかしたら、詩織のことを馬鹿にしているのかもしれない。

「お店をめちゃくちゃにしたのは、あなたなの⁉」

「驚かれて当然でしょう。ですが、これはカプリスのためなのです」

「何を言ってるのか、わかんない！　お父さんはどこ？　お父さんに黙って、こんなことするなんて！」

「いいえ、正樹様はすでにご承知です。私に、全てお任せいただきました」

「お父さんが、知ってる？」

「全ての了解を得た上で、工事に取り掛からせていただきました。壁紙も天井も、外の庇も看板も。これからショーケースに並ぶケーキは、これまでカプリスには一度も並んだことのない商品です」

言われても、何が何だかわからなかった。そもそも、女の人の格好からしておかしい。赤い服は目に痛かったし、夏なのに首にスカーフを巻いている。それから人と話してるのに、サングラスをかけているのは絶対に変だ！

「今からそれをご覧に入れます。生まれ変わったカプリスの姿を」

「そんなの、私は聞いてない！　ここは、お母さんの店なんだよ？　私たちの思い出の場所！　それを勝手に壊さないで！　早く元に戻してよ！」

「いいえ、それはできかねます。何より、この店の未来のためにも」

「変なことばっかり言わないで！　なんで、お店をめちゃくちゃにするの？　私を虐めて楽しいの？　こんなこと、お母さんが絶対に許さないから！」

だんだんと悲しくなってくる詩織に、目の前の女の人は謝りもしない。

「櫛枝詩織さん」とまた冷たい声で呼びかけて、顔も上げられない詩織にもっと静かな声でこう言った。

「これは、あなたのお母様のご遺志です」


ショーケースの裏で、高城が白目を剝いてひっくり返っている。

その脇に座り込んで、春花はじっと息を潜めていた。見守るのは、詩織と物産展の女との対決である。正面から入ってきた詩織からは、ちょうど死角になっている。

やっぱり、大変なことになってしまった……。

昨晩、御厨の呼び出しを受けてから、春花は一目散にカプリスへと向かった。後輩の様子も心配だったし、何より御厨には秘密の計画があるらしい。また振り回されるだけなんじゃと胸の不安は当然あったが、どうしたって無視する気にはなれなかった。

秋の物産展の担当者は、あくまでも春花なのだ。そこに「腹を括《くく》って」とまで言われて、おめおめと引き下がってはいられない。

果たして、深夜のカプリスに到着すると、店内はリフォームの真っ最中だった。どうやって手配したのか地元の業者まで駆り出して、壁紙から表の看板まで突貫工事で作り替えている。高城もその手伝いに呼ばれたらしい。もちろん建築の仕事など門外漢の後輩だから、春花が駆けつけた時にはすでに虫の息だった。

「先輩、お助け……」と縋る高城の首根っこを摑んでさらに作業を言い付けたのが、傲然と佇む物産展の女。深夜にも真っ赤なその出で立《た》ちは百貨店のバイヤーというより、闇夜に浮かぶ物《もの》の怪《け》だ。

その彼女が、呼びつけた春花に言い放った台詞。これから、カプリスの世界を刷新する——。

電話口でも「真実を」と彼女は告げていた。カプリスを作り替える。それが、どういう理由に依るものなのか、なぜ、こんなにも強引なやり方が必要なのか、春花は未だに理解できていない。カプリスは櫛枝家の歴史が詰まった店だ。店主の櫛枝の情熱は本物だし、昨日は娘の詩織から、母親への思いを聞かされたばかり。私たちの思い出を変えないで——その願いを知っていながら、わざわざ詩織を待ち受けて、変貌した店の姿を見せつけるのは何のためか。

はらはらと事態を見守るしかなかったが、春花が呼び出されたことも、とある理由に関わっている。その答えを見極めるためにも、今は二人の対決に口を挟むつもりはなかった。

「お母さんのことなんて」

御厨の唐突な台詞を受けて、詩織は混乱した様子で呟く。華奢《きゃしゃ》な肩が、戸惑うようにぴくりと震えた。今日もランドセルにワンピースの可愛らしい出で立ち。学校帰りに立ち寄って、いきなり改装された店を目の当たりにした彼女の気持ちは、春花には到底わからない。

「あなたに、お母さんの気持ちなんてわかるわけない。変なこと言わないで」

「ただの感情であれば、そうでしょう。けれど櫛枝光様には、はっきりとした信念がありました。この場合、玉据光様、と呼ぶべきですが」

「何を言ってるの？」

「玉据の姓は、あなたのお母様が櫛枝正樹様とご結婚される前の名字です。この街で正樹様と一緒になられるまで、お母様は『玉据』として、三十年近く生きてきたのです」

「名前のことなら知ってる。近所のお祖父《じい》ちゃんの家が『玉据』だもの。昔は苺を作ってたって。だからお母さんは、あまおうのタルトを」

「その事実を、あなたはありのままに受け止めなければなりません。でなければ、あなたもこのお店も、いずれ必ずや行き場を失う」

唐突さを重ねるような言い方だった。十歳の子供に聞かせるには、あまりにも大人びた内容。実際、詩織自身も目を泳がせている。

それでも反抗的な気持ちを、詩織は忘れていないようだった。もう一度、正面の御厨を睨み付けると、ありったけの文句をぶつける。

「さっきから、言ってる意味が全然わからない！　私は、このお店を大切に思ってるだけだよ！　それに、お店を変えることがお母さんの考えだなんて、どうしてあなたにわかるの？　カプリスは、お父さんとお母さんと私で、一緒に作ったお店なの。壁の色を決めたのも私。お店に置いてある飾りも絵も、私とお母さんとで一緒に買いに行ったんだから。苺のタルトだって……お母さんが、生まれた場所を大切に思っていたから、お店の看板商品になったんだよ。だからずっとこのまま。お店もケーキも変えないで、私が最後まで守り続ける。それが、お母さんの願いなんだから！」

「そんなものは、まやかしだ！」

怒声が空気を震わせた。傍《はた》で聞いている春花の肩もぴくりと跳ねる。

正面で聞いた詩織はもちろんのことで、きゅっと唇を噛んだのが春花の目にははっきりと見えた。

それでも御厨に容赦はなく、ますます挑むような態度で詩織に畳みかける。

「ずっとこのまま？　ケーキを変えない？　そんな甘えが許されるほどこの世界は甘くない。物を売るとは常に変化に晒される行為だ。思い出に縋って涙して、あの時は幸せだったと嘆いていたら、必ずその商売は行き詰まる。あなたが将来この店を継ぐ気持ちがあるというのなら、そのことを肝に銘じておかなくちゃ駄目なんだ！」

「でも、変わらないお店だってあるよ！　昔からの味を大事にして、何十年も続いているお店。いつ来ても、何度食べても、変わらないものだから安心できる。カプリスだっていつか、そういうお店に……」

「変わらないものなど、ない。私たちがそうだと感じていても、その裏側では常に変化は起きている。どんなに長年愛されている商品も、食堂の看板メニューから、企業が作るインスタント食品まで、全てが小さな変化の積み重ねの上に成り立っている。時代は変わるのです。消費者の嗜好、健康に対する意識、あらゆる面で食品の味は常に変化を強いられる。それがあまりに小さな変化であるから、私たちには『同じ味』と認識されるだけで。そうした変化を繰り返してこそ、その商品は十年、二十年と生き残っていくことができる。初めから『何も変えない』などと決め付けて、そんな程度の覚悟ならカプリスに一年後の未来さえない！」

　御厨の一喝に気圧《けお》されて、詩織は青ざめる。反論しようにも、力なく口をぱくぱくと震わせるばかりだった。ぎゅっと握った手が、自分の服の裾を摑んで離さない。

「そもそも、あなたの言っていることは、そんなたいそうな哲学とは無縁だ。ただ、母親のことを忘れたくないだけ。ショーケースの中身も、店の内装も、あなたにとっては現実から逃げるための道具に過ぎない。あえて言うならば、あなたは過去の思い出のために、カプリスの成長を犠牲にしている——！　物産展のバイヤーとして私は絶対に、それを見過ごすわけにはいかない」

「バイヤー、として？」

「秋の物産展を最高のものとするため。本物の味をお客様に届けるため。延《ひ》いてはこの国の全ての人々に豊かさを届けるため、私たちバイヤーは死ぬ気で駆けずり回っています。と同時に、もっと根源的なところで、私たちには願いがある。それは、知りたいという欲望です。まだ見ぬ名物に、隠れた名産に、それを作り続ける人々に、私たち自身が出会いたい。バイヤーとはいわば、究極の野次馬なのです。だからこそ私たちには、出会った商品を守り抜くという『責任』がある」

　責任という言葉が、春花の胸にもずしんと響いた。御厨が語るのは食品バイヤーとしての覚悟だ。知りたいという欲望——何かが春花の中で芽生える一方、さらに勢いを増した御厨の声に耳を傾ける。

「カプリスの未来は、私たちにとっても大切な未来です。この先、十年、二十年、百年、あなたがよぼよぼのお婆《ばあ》ちゃんになった後でも、カプリスには最高の洋菓子店であってもらいたい。そのためには、過去に縛られたままではいけない。カプリスは、光様の死という現実から立ち上がらなければならないのです。だから変化が必要だった。壁も庇も看板も。そして苺のタルトも。それは何より、あなたのお母様が望まれたことです」

最初の台詞に戻って、御厨は一度、口を噤《つぐ》む。詩織も静かに御厨の顔を見つめている。今度はどんなことが語られるのかと待っているようだった。

御厨の体が一旦、レジの裏側に沈み込む。もう一度立ち上がった時、手にしていたのは箱詰めにされた苺だった。スーパーでもよく見かけるパックの苺。透明なラッピングの表面に「あまおう」と表示されている。

「福岡S6号」

サングラス越しに見据えながら、御厨の声が静かに続ける。

「あまおうの正式な品種名です。店頭で表示されている『あまおう』とは、登録商標。

今や、日本全国に苺のブランドが乱立しているのは周知の事実。日本は世界に誇る、苺大国——いえ、苺のサバイバル地帯なのです。あまおうもまた、そうした背景の下、開発されたブランド苺の一つです。『久留米《くるめ》53号』、『92の46』の二つを掛け合わせ、実に五年の歳月をかけて完成に至りました。あまおうの誕生は、福岡が県を挙げて取り組んだ悲願だったのです」

滔々《とうとう》と語る御厨の、その意図はまだわからない。

正面で聞く詩織も今はじっと耐える様子で見守っている。

「あまおうが誕生するまで、福岡では『とよのか』という苺が大勢でした。大粒で香りも良く、『西のとよのか、東の女峰《にょほう》』と市場を二分するほどの人気ぶりだったと聞きます。詩織さん。とよのかを食べたことは？」

「私、見たこともない」

「ええ。とよのかには、寒さに弱いという欠点がありました。そのため、大きさや着色が未熟なまま成熟してしまうケースが問題に。一方で他県では、次々に新たな品種が開発され、福岡でもそれらに対抗するため次世代のブランド苺が待望されました。その結果が『福岡S6号』——あまおうの誕生です。今では県内の苺栽培の約九割が、あまおうに切り替わったと言われています。熾烈《しれつ》なブランド競争の中、とよのかは敗れ去ったのです」

「それが一体、お母さんの話とどう関係するの？　とよのかのことは知らなかった。あまおうの他に、いろんな苺があるのはわかってる。だけど、あまおうが福岡の名産であるのは変わらないでしょ？」

「名産となった、ことをご理解いただきたいのです。初めから、名物であったわけではない。過去にはとよのかが、それ以前にも様々なブランド苺が現れては消え、そしてまた新たな品種が生み出される。この国において苺とは、絶え間なき変化の象徴なのです。あなたのお母様は、誰よりもそれを承知していました。たとえ、あまおうであっても、いつしか、とよのかと同じ運命を辿《たど》るかもしれないと」

「だからって、お母さんが変わることを望んでたなんて信じられないよ！　あまおうはお母さんの思い出の味なんだから！　生まれた場所の大切な記憶！　きっと、それを伝えていきたいから、あまおうをお店の看板商品に」

「お母様のご実家が栽培していたのが『とよのか』だったとしても？」

言葉にならない驚きが、詩織の顔に浮かんだ。

傍で聞いていて、春花も驚きを隠せない。思ってもみない話だった。詩織の母親の実家が、苺農家を営んでいたというのは昨日知った事実。

春花が調べた限りでは、一人娘の光が東京に行った時点で、畑は畳んだという話だったが。

「こちらに伺う前、お母様のご実家、『玉据』のお宅を訪ねました。苺農家は十年以上前に廃業。畑は人手に渡って、今はバッティングセンターになっているそうです。光様のお父様はご健在で、引退されるまでは相当ご苦労されたとも」

「近所のお祖父ちゃんちは知ってる。お母さんが洋菓子職人になるまでは、苺を作ってたって。でも、それはあまおうのことじゃ」

「お話しした通り、とよのかは、あまおうに取って代わられました。寒さに強く着色も良いという点で、あまおうの方が優れていたからです。けれど、それは今になってわかる話。あまおうが誕生したばかりの頃は、やはりそれまでのとよのかから切り替えるのは大きな決断だったと聞きます。玉据農園も、とよのかを続けることを選んだ農家の一つです。結果だけを申し上げれば、それは大きな失敗となりました。あまおうの隆盛と不運な不作が重なって、玉据農園は畑を手放さざるを得なかったのです」

「お祖父ちゃんが……」

「その現実を、当時高校生だった光様はその目でしかと見ていました。とよのかに拘ったこと。その後のあまおうの評判。お祖父様の話では、一時期は光様が農家を継ぐ話もあったようです。光様は大変、家業に誇りを持たれていました。けれど、時代の変化がそれを許さなかった。畑を畳んだ実家を出て、光様は東京で洋菓子職人という新たな夢を追いかけたのです」

詩織の目に、当時の母親の姿が見えるようだった。御厨の話を聞きながら、その小さな体で必死に現実を受け止めようとしている。

「光様にとって、あまおうは決して『思い出の味』ではありません。むしろ、自分の実家を追いつめた、憎むべき相手です。それを彼女はカプリスの看板商品とした。あまおうのタルトとして」

「どうして……」

「変わることを恐れないためです！　とよのかからあまおうに替えるのを躊躇ったことで玉据農園は廃業しました。実家を出る際、すでにご両親にはこう話をされたようです。自分が洋菓子職人として独立したら、きっとケーキにはあまおうを使う。お父さんたちが体験した苦しみを忘れないようにするために、と。光様にとってあまおう——いえ、苺という存在は自分の生き方を決めた大きな指針だったのです」

突きつけられた言葉に、詩織は動揺しながら、それでも何かを必死に理解しようとしている。十歳とは思えない、彼女の利発さ。母親の死を経験したことで、逞《たくま》しくなるしかなかった彼女だが、その涙ぐましい決意の果てに、ようやく彼女も母親の真意を知るところまで来ている。

　向かい合って、御厨は力強い言葉を続けた。

「あなたを思い出の中に留《とど》めておきたいから、お母様は『あまおうのタルト』を残したのではありません。お母様にとって、それは変化の象徴。変わりゆくことが宿命であるとわかっていたから、その決意を込めてあまおうを看板商品の素材に選んだのです。母親を思うのも良いでしょう。あなたがお店を愛する気持ちは、私も決して疑いません。しかし、それに拘るあまり過去に縛られたままでは、光様の思いを裏切ることになります。彼女が望んでいたのは変わることです。そして、それを恐れないことです。病気である自分は、いつ死んでしまうかわからない。この先、否応ない変化を、愛する家族に押しつけてしまうかもしれない。その苦しみの中、彼女がカプリスに残したかったのは、未来を見据える強さだったのです」

　訴えかけるような言葉を受けて、詩織はしばらく目を伏せた。母親のことを思っているに違いない。彼女の中にある、母親との記憶。

　それが、どれだけ今の言葉と重なっているか。少なくとも彼女の母親が、死を覚悟していたのは間違いなかった。だからこそ、その後のことを必死に考えていた。

それが形となって残されたものが、あまおうのタルトであり、カプリスという店そのものだったのだ。

「詩織」

長い沈黙が続いた後で、声がしたのは店の奥からだった。ショーケースを挟んで、ガラス越しに調理場がある。その扉が開いて、中から長身の影が歩み出た。店主の櫛枝正樹だ。櫛枝の手には、大きな銀製の盆が載せられていた。その上にはずらりと並んだケーキが。

「お父さん。それ」

「おまえに食べてもらいたかったんだ。試作を仕上げるのに一晩中かかったけれど」

「でも、そんなケーキ見たことないよ。お店にあった物とは違う。お母さんも、作ったことなかったでしょ？」

「カプリスでは作らなかった。でも、お母さんが亡くなる前、父さんと二人で書き溜《た》めておいたレシピがあったんだ。ずっと、机の引き出しにしまったままだった。詩織と同じだな。父さんも、お母さんがいなくなったのを認めたくなかったんだ」

精悍《せいかん》な顔つきに苦渋の色を滲ませて、それでも櫛枝は娘から目を逸らさない。全てを受け容れる覚悟を決めた表情だった。

カプリスの革命の仕上げに――。

春花が、深夜に呼び出された理由がこれだ。櫛枝が焼くケーキの試食。何とか今日に間に合わせるため、一晩中、櫛枝はレシピの試作を繰り返したのだった。

確かに、大量のケーキを試食するのに、春花ほど打って付けの人材もいない。自他共に認める、不肖の大食い。甘いものは好物だったし、春花としてもカプリスの役に立てるなら本望だった。

ケーキの真意は、今になってようやく春花も知ったけれど、親子の縁を繋ぐためなら、一晩中、胃袋を酷使した甲斐もあったというもの。向かい合う親子の姿に、春花の胸にもじんとする思いが込み上げてくる。

「これからは、もっとたくさんのケーキを作ろうと思ってる。さっき御厨さんの言った通り、同じことを繰り返してばかりじゃ、お店は前に進めない。だから、物産展の話も受けようと思った。カプリスをこの先も続けていくため。変わることの、切っ掛けになるなら」

「でも、お母さんの思い出が」

「父さんだってこの店のことを愛してる。ここで母さんと、そして詩織と三人で頑張ったこと。それは一生忘れないし、その事実は変わらない。だけど、それに拘り過ぎて、詩織を後ろ向きにさせてることに、父さんもやっと気がついたんだ。ごめんな。父さんが思い出を引《ひ》き摺《ず》ってるから、詩織もそこから離れられなかったんだよな。もっと二人で話し合うべきだった。お母さんのこと。お店の将来。その第一歩として、詩織には新しいケーキを食べてもらいたい」

言いながら、櫛枝は銀製の盆を持って歩み寄る。ショーケースの脇にある、小さなテーブルに近づいた。テーブルの上に置いたのは、大粒の苺が載ったタルト。けれど今までの物とは違う。可愛らしい丸形で、上に載った苺が、はっとするほどに白かった。変わることを恐れない——櫛枝の決意の表れだった。

見慣れないタルトを前にして、やはり詩織は戸惑っている表情。それでも、父親の視線に応えて、ゆっくりと一歩を踏み出す。席に着くと、フォークを摑んで生地にそっと差し入れる。掬《すく》い上《あ》げて一口。嚙みしめる様子が、味以上の何かを感じ取ろうとするようだった。

「美味しい」

小さく呟く。もう一口食べて、一筋の涙が頬を伝う。

すぐに両目からもっと大きな感情が溢れた。肩を震わせて、嗚咽《おえつ》を堪えて、それでもケーキを食べるのを止めない。

父親の櫛枝が娘の肩を優しく抱く。それに励まされるようにして、小さな声がぽつりと告げた。

「お母さんも、きっと気に入ってくれるよね」

*

抱き合う父娘《おやこ》を後にして、春花たちは店を離れた。店主の櫛枝と詳しい話はできていないが、もう心配いらないだろうと春花は確信することができた。

おそらく秋の物産展には、新商品で挑むことになる。苺のタルトをベースにしつつもきっと父娘の二人三脚が、これまで以上のケーキを生み出してくれるに違いない。

もちろん企画の担当者として、春花も協力は惜しまないつもりだ。

「後は任せたわ」

また、まだら屋の時と同じようなことを言って、赤い背中が去ろうとする。

今回も鮮やかなやり方で、御厨は店主の心を解きほぐした。娘の詩織には面と向かって、過去のしがらみから解き放ってみせた。

今になって思えば、おそらく最初にカプリスに現れた時点で全て承知の上だったのだろう。詩織の母親のことも、その実家の事情も。

だからこそ、ショーケースの試作品を見つけて、「これこそ物産展に」と断言できた。全ては、カプリスに変化を促すため。

「御厨さん。ありがとうございました」

立ち去る寸前の背中に、春花は素直に頭を下げる。立ち止まることを期待していなかったが、予想に反してサングラスの顔が振り返る。

「殊勝な心掛けね。自分の甘さを理解できたかしら？」

「反論の余地もありません。私には御厨さんに見えていたものが、全く見えていませんでした」

「ふん」

「それに、今回も大切なことを教わりました。さっき店の中で話していたこと。『まだ見ぬ名物に、隠れた名産に、それを作り続ける人々に、私たち自身が出会いたい』。あれは、喫茶店で詩織ちゃんに質問されたことへの答えだったんですよね？」

つい昨日。向かい合った小さな少女から、真っ直ぐに問いかけられた言葉。

どうして、カプリスのケーキを物産展で売る必要があるのか――？

満足には答えられず、傍で聞いていた御厨からは、バイヤー失格の烙印を改めて押された。春花自身はその答えを見出《みいだ》せないままだったが、先ほどの御厨の言葉は、間違いなく昨日の詩織の疑問に正面から向き合った答えだった。

そしておそらく、春花に対する答え合わせとして――。

「私には、覚悟が足りなかったんだと痛感しました。わがままになることの覚悟。食品バイヤーとしてのエゴを、あからさまにするのが怖かったんです。それも、十歳の女の子に対して。でも誰が相手でも、正直に自分の気持ちをぶつけるべきでした。カプリスのケーキに何よりも惚れ込んだこと。それが、私の想《おも》いだから」

バイヤーとはいわば、究極の野次馬――。

自分の本音をさらけ出してこそ、本気で商品と向き合える。御厨が伝えようとしたのは、食品バイヤーとしての腹の据え方だったのだ。

「あなたの場合、ただの『苺好き』では？　物産展を私物化されても困るわ」

「い、苺は悪くないですから！」

相変わらずの嫌みを言われて、思わず反論の声が出る。御厨は肩を竦めるのみで、さっと踵を返してしまった。今度こそ背中が遠ざかって、通りの向こうに見えなくなる。

どっと疲れたが、赤い影を見送って、春花の中で一つ物産展の女に対する見方が変わった気がした。相変わらずの傍若無人、独断専行。それでも、彼女の「本質」を見る目は本物だった。物産展のその先にあるもの。出店者の「未来」までも見据える視線が、あのサングラスの奥には秘められている。

私の将来まで、見透かされてなければいいけど……。

ぞっとしながら、浮かんだ不安を頭《かぶり》を振ってやり過ごす。疲れた頭に、余計な心配は禁物だった。考えてみれば、ほとんど徹夜だ。ケーキを腹に収めたとはいえ、それで満足する胃袋でもない。

今日は、ちょっと高価な苺でも買おう——。

せめてもの景気づけにと、帰りの予定に春花はそっと付け加えた。

夢みるとんこつラーメン

「え、現地に来られない？」

──はい。なんていうか風邪で。体がだるいっつーか。

「高城君、今どこにいるの？　飛行機には」

──チケットはキャンセルしました。今はマンションの部屋です。外に出るとか、ほんと無理なんで。

「会社に連絡は？　というか、なんでこんな直前に」

──とにかく今日は休ませてください。申し訳ないっすけど、後のことはお願いします。

一方的に言って通話が切れた。スマートフォンを握り締めたまま、春花は呆然と立ちつくすしかない。

ありえない……。

怒りが込み上げる反面、いつかはこんなふうになるんじゃないかと覚悟していた部分もあった。後輩の高城稔。やる気が見られないのはいつものことだが、それ以上の危うさが常に付きまとっていた。仕事に対する真面目さ、根気。どれも欠けたところばかりが目立って、先日も馴染みの取引先からそれとなく苦言を呈されたくらい。それがいよいよ、直前の出張キャンセル。

「あり得ない！」と今度は憤りを込めて思う。春花はまだ修羅場の真っただ中だったからだ。秋に迫った九州物産展。この一ヶ月で着々と準備は進み、出店の目玉としても、天草のまだら屋、福岡のカプリスと春花には上々の手応えがあった。

そして今回は宮崎への初出張——経費がどうのと渋る上司をなだめすかしてようやく乗り込んだ現地だったが、宮崎の空港で合流するはずの高城が待てど暮らせど姿を見せない。それぞれ別件のスケジュールがあって、ぎりぎり調整した本日だった。飛行機に遅れはないはずだけど……やきもきしていた春花の元に、不意にもたらされたのが最前の電話。本人からの病欠の連絡だった。せめて、メールで済ませなかっただけでも後輩の最大限の努力と見るべきか。

いやいや。そもそも出張の当日に体調を崩すこと自体があり得ない。改めて怒りが込み上げてくる。食品バイヤーは体が資本。正確に商品の味を確かめるためにも、常に健康への気配りは欠かせない。間が悪く風邪を引いてしまうこともあるだろうが、それならそれで「明日には間に合わせます！」とか「資料作成でフォローします！」とか、挽回《ばんかい》の意気込みを後輩には示してほしいところ。それを「体がだるい」の一言で済ませようとは。

「彼、どうしたの？」

背後の声にぎょっとしたのは、すでに本能にまで染みた恐怖。反射的に肩が竦み上がるのを春花は止められなかった。一息置いて、ゆっくりと振り返る。

目に入ったのは赤い影。サングラスでばっちり決めた、御厨京子が立っている。

「えっと、風邪みたいで」

「病欠？」

「はい。声は、はっきりしてましたけど」

なんだか自分が責められているような気分になって、春花までしどろもどろになってしまう。「ふーん」と声を漏らした御厨は相変わらずの冷めた表情。流れる黒髪に指を通すと、ふわっと異国の香りが漂った。

「あり得ない！」と何より春花が憤慨したのは、よりにもよって物産展の女と二人きりの現状にだった。いつも通りの試食行脚。ところが、いざ空港に到着すると、ロビーにあるのは先着の赤い影だった。「私も同行します」と宣告されて、抗《あらが》おうにも春花に拒否する権限はないようだった。催事担当のスーパーバイザーの肩書きを持つ上司に、まだまだ春花は馴染めそうにない。そうでなくともここ一ヶ月で、春花は何度も彼女にやり込められてしまっているのだ。

それを迷惑とも言い切れないのが、春花にはもどかしいわけで。

「二人で回ることにしましょう。頭数だけ揃えても良い商品には巡り会えない」

てっきり春花の管理責任を問われるかと覚悟していたが、この上司は意外とあっさり高城の不在を受け容れる。踏ん切りがつかないのは、寝耳に水の春花だ。

「あ、あの、本当に一緒に回るんですか？」

「何か問題でも？」

「いいえ。ただ、本職のバイヤーが二人連れなんて、非効率かなとか……」

というより、これ以上の頭痛の種はごめん被《こうむ》りたい。

「『本職』だなんて成長が著しいようね、蓮見春花。報告書はいい加減、訪問する店舗は行き当たりばったり。子供の真摯な質問に四苦八苦するしかなかったことはつい先日の記憶だけど？」

「それは、まあ」

痛いところを遠慮なく突かれて、春花には反論の言葉もない。ちらりと浮かんだ相手の笑みに、顔を伏せるのが精一杯だ。

「それで今回は？」

「宮崎のラーメンに注目しています。最近、メディアにも取り上げられてて」

「他人の評価に引き摺られるのはあなたの悪い癖ね。テレビのレポーターは何と言っていたのかしら？　ネットの評判は？　ガイドブックの星の数は？　話題の後追いに精を出してもバイヤーの使命は果たせない」

「ちゃんと自分の舌で確かめます！　だからこうして、現地まで足を運んで」

「お手並み拝見ね」

侮る響きをあからさまにして、御厨は春花に背中を向ける。またふわっと長い黒髪を靡《なび》かせて、そのまま空港の出口に歩みを進めた。

企画の担当者は私なのに――！

理不尽に思っても、本人の前では決して口にできそうにない。後輩からの連絡を受けたスマートフォンを握りしめ、先を行く背中に渋々続いた。


最近じわじわと、宮崎ラーメンの存在感が増してきている。

そう実感したのは、他社の物産展を見て回った時だった。同業者の仕事には逐一アンテナを張るようにしている。特に「ラーメン」というジャンルになると、流行り廃りの情報収集は絶対に欠かせなかった。

今や物産展にとって、ラーメンの食事処《イートイン》は集客の勘所だ。チラシには必ずラーメンの写真が中央に載るし、有名店の出店ともなれば、催事会場から階下まで長い客待ちの列ができる。春花が視察した物産展でも、ラーメンのブースは活況に次ぐ活況だった。そこだけ人が溢れるくらい。スーツでうろつく春花を物産展のスタッフと勘違いして「〇〇のラーメンはどこですか？」と声を掛けてきた客もちらほら。イートインの席からはスープの濃厚な匂いが絶えなかった。

日本人のラーメン好きは筋金入りだが、物産展になるとさらにその熱意は倍加されるようだ。一日で千杯を売る店舗も決して珍しくない。

そのため、食品バイヤーは有名店の店主を口説き落とすことに血道を上げ、新たな優良店の発掘も至上命題だった。

昔から物産展のラーメンといえば、北海道の旭川《あさひかわ》ラーメン、札幌《さっぽろ》ラーメン辺りが王道だが、それと同じくらい九州のとんこつラーメンも近年人気を博している。

九州は言わずと知れた、とんこつラーメンの聖地だ。博多の白濁したスープが有名だが、元祖とんこつの久留米《くるめ》ラーメン、替え玉文化発祥の長浜《ながはま》ラーメン、県は変わって、スープが濃厚な熊本ラーメン、鶏《とり》ガラも利かせた鹿児島ラーメン、長崎県のちゃんぽんも、とんこつラーメンの源流の一つに数えられている。

春花が調べたところに依ると、宮崎県も同様に特有のとんこつラーメン文化を持っている。その最大の特徴は、あっさりとしたスープだ。とんこつというと、どうしてもどろっとした濃厚な味を連想するが、宮崎ラーメンは比較的軽い味付けで、ふわっと醤油の風味が利いている。脂分は少なめでしつこさもない。それでいて味が薄いということもなく、しっかりと旨味を感じられるのが真骨頂だ。

トッピングは、たっぷりのもやしが主流。他に葱《ねぎ》、叉焼《チャーシュー》、キクラゲを載せるところも多い。軟らかめに茹《ゆ》でた太麺とも相まって、とんこつラーメンといえど決して胃袋に重たくないのだ。

これならきっと女性にも受ける——!

バイヤーとしての勘が疼いた。このご時世、女性客を意識しなければ、小売業は成り立たない。特に物産展の客層は圧倒的に中高年の女性が多く、彼女たちの嗜好、そして胃袋を摑まなければ、催事の成功は望むべくもないのだ。

その点「あっさり」と「こってり」が融合した宮崎ラーメンは、まさにうってつけの商品だった。これまで、濃厚さや見栄えの派手さで勝負しがちだったラーメンも、女性客を主眼に置くならまた違ったアプローチが必要となる。だからこその宮崎ラーメン。知名度がまだ低いことが、逆に物珍しさのアピールになる。新たな名物を発見することも物産展の醍醐味の一つだ。

大人も子供も、女性も楽しめるとんこつラーメン。是非、秋の物産展の新たな目玉に――！　上司に直談判《じかだんぱん》して、意気揚々と現地に乗り込んだ春花だったのだが。

＊

空港の出口でタクシーを拾った。陽気な白髪の運転手にラーメンの美味しいところはどこかと尋ねると、「市内なら断然、県道沿いだね」と請け合ってくれた。

春花が事前に調べた情報でも、宮崎市内の人気ラーメン店はそのほとんどが、鉄道と平行して走る県道十号線の周辺に集中していた。定番のとんこつラーメンから老舗の名店、新規参入の変わり種まで、二十を超える人気店が日夜しのぎを削っている。

タクシーの車窓からも、頻繁にラーメン屋の看板を確認できた。

三十分も北上すると、目当ての店舗が見えてきた。駐車場は満杯で、すでに店の前には長蛇の列ができていた。時刻は開店間もない十時半過ぎ。入り口から、とんこつの独特な匂いが漂ってくる。

同行者の存在に春花は一瞬行列に並ぶのを躊躇《ちゅうちょ》したが、そんな春花を置き去りにして赤い影が迷わず列の最後尾に付く。サングラスに長身、赤スーツの女性客に、早速好奇の視線が集まる。隣に並ぶ春花も、ちょっと顔を上げるのが恥ずかしいくらいだ。

「この店を選んだ理由は？」

春花の気負いなどお構いなしに、サングラス越しの視線が刺さる。ぐっと腹に力を込めて、春花も正面の美貌に向き合う。

「『EIZI《えいじ》』は一年前にオープンしたばかりの新規参入店です。店主の男性も三十一歳とまだ若手。それでも地元では老舗とも比肩する人気ラーメン店の一つです」

「ガイドブック的な情報は不要。それで、あなたの嗜好を刺激したのは？」

「昔ながらの宮崎ラーメンを身上としていると聞きました。こってりの中に、あっさりが共存したとんこつラーメン。最近、様々な宮崎ラーメンが乱立している中、EIZIは伝統の味を大切にしているとコアなラーメンファンは評価しています。私が求めるのは、宮崎ラーメンの真骨頂です。それに加えて若い感性。きっと私たちの想像を超える、素晴らしいラーメンを提供してくれると期待しています」

「能書きだけは及第点ね。店に、事前の連絡は？」

「今回は、一般客としてお伺いしようと思っています。その方が、素の味を体感できると思うから。一通り市内の店舗を回ってみて、その上でこれだと思ったお店に物産展の話を」

ラーメンの試食はいつも通りの味を、いつもの分量で食べるのが鉄則だ。食事処《イートイン》で提供することになるので、一杯の量がどれくらいなのか、食後の満腹具合がどの程度か、予《あらかじ》め確認しておく必要がある。もちろん人によって感覚は違うし、春花ともなればプロの大食いが裸足《はだし》で逃げるレベルだが、それでも物産展で提供する上での適量は、バイヤーとして把握しておかなければならない。

「ふーん」と曖昧な声を返して、御厨の顔はすでに店の方を向いている。春花を試しているのだと思うが、何が正しい答えであるのか、今の彼女の表情から推し量ることは難しい。春花にはかなり胃の痛くなる間合いだ。

長い行列だったが、十五分もしない内に店の中に案内された。ラーメン店としてもかなり回転が早い。店内はカウンター席が六つに、四人掛けのテーブルが二つ。木目調の壁と朱色のカウンターがラーメン屋らしさを演出している。簡素だが、清潔感の伝わってくる内装だった。

壁に掛かったメニューには、とんこつラーメンと餃子《ギョーザ》、ライス。スープは一種類のみで勝負しているらしい。店内で働いているのは、厨房《ちゅうぼう》の男性と配膳をこなすもう一名だけ。奥で寸胴《ずんどう》を掻き回している青年が、おそらくEIZIの店主だろう。

券売機はなかったので、そのままカウンターの席に着く。すぐにお冷やとおしぼりが提供された。接客する店員の、溌剌《はつらつ》とした声が良い。

直後に、口にした水を吹き出しそうになったのは、「ご注文は？」という店員の声が春花の隣に飛んだからだ。サングラスのまま席に着いた御厨だが、当然メニューを確認した様子もない。

「私は、水だけで結構です」

「はい？」

「食べなくても、わかりますので」

「あ、あの、私が二人分食べますから！」

慌てて口を挟んだ春花だが、店員の怪訝そうな表情は変わらない。そこに来て、御厨の相変わらずの能面顔にますます空気が張りつめた。

「お客さんたち、百貨店の人？」

思わぬ声が飛んだのは、カウンターの中からだった。厨房に立っていた男性がずいっと春花たちの方へ身を乗り出してくる。目つきの険しい強面《こわもて》の青年だ。ラーメン屋の定番らしく、頭に分厚いタオルを巻いている。それが眉毛まで隠しているせいで、鋭い目元がなおさら極まっていた。

顎の無精髭《ぶしょうひげ》に、筋張った首の線。頬が痩けて見えるのは、顎先まで滴る汗のせいもあるだろう。黒い半袖シャツに、腰に巻いた白い前掛け。全体的に痩せて見えるが、二の腕といい、胸板といい、飲食店の一従業員らしからぬ無骨な迫力に溢れている。

「あの、私たちのこと」

「最近多いんだよ。百貨店の催事に出ないかって話。決まって、スーツの二人連れ。物産展のバイヤーっていうんだろ？」

「申し訳ありませんでした。私たちは」

慌てて名刺を取り出した春花だが、目の前の男性はそれを面倒そうに遮る。むっつりとして首を横に振ると、溜息混じりの声で続ける。

「俺はこの店の店主で、自分でラーメンを作ってる。だからこそ言うが、物産展に出るつもりはない。他の誘いも全部断ってる」

「私たちは、東京の百貨店でかねた屋と申します。ＥＩＺＩの店主、金藤英治《かなとうえいじ》様とお見受けいたします。改めてご挨拶を」

「だから、どこにもうちのラーメンを出す気はないんだ。ご覧の通り、猫の手も借りたい忙しさでね。百貨店のイベントなんかに付き合っている暇はない」

「それは、このお店の拘りでしょうか？　宮崎のラーメン屋として、地元に根付こうという」

「妙なご託はよしてくれ。俺たちがやろうとしているのは、美味いラーメンを作ることだけだ。物産展に出たところでそのプラスにはならない。俺たちは今以上にもっともっと、美味いラーメンを作りたいのさ」

言って、鋭い目をさらに細める店主。取り付く島がないのはすでに明らかだった。百貨店のバイヤーだと名乗っても、話を聞く素振りはない。むしろ商売の邪魔とばかりに春花たちを睨み付けてくる。

「EIZIのラーメンは新しい物を追求しながら、伝統も大切にしている味だと伺いました。そういう商品を是非、私たちのお客様にも」

「客が大事なのは、こっちも同じだ。目の前の客を満足させられないで、どうして余所にうちのラーメンを出せる？　そもそも俺たちが店を出して、まだ一年経ったばかりだ」

「その一年が、十分評価されていると」

「いいから、あんたたちもラーメンを食ったら帰ってくれ。俺たちは常に、真剣勝負だ。東京のお客を喜ばせたいんだったら、宮崎まで寄越したらいい。それなら、うちも大歓迎だ」

最後は投げやりに言って、そのままラーメンを作る作業に戻る。もう一人の店員に目で指示を出しながら、てきぱきと手を動かしている。

「にんにく醬油は置いてないのですか？」

いきなり口を挟んで、店主に聞いたのは御厨だった。

また何か面倒を……！　と一瞬身構えた春花だが、本人はいつも通りの涼しい表情。

当然、店主も困惑した様子で、御厨に向けた視線には戸惑いの色が浮かんでいる。

「味の調整用のにんにく醬油です。卓上に見当たらなかったので」

「うちは、置いてない」

あっさりと返して、店主はまた作業を続ける。手元に落とした視線が、相手を無視するようだった。

「そうですか」と御厨もそれ以上は追及することなく、不自然な間合いを残したまま会話はさらりと流れる。

麺を湯切りする小気味いい音だけが店内に響いていた。


昼を迎えて活気づく店の暖簾を潜って、春花たちは外に出る。

春花には悔しい印象しか残らなかった。結局、春花一人で二人前のラーメンを食べた。丼を二つ空にして、さらにもう一杯と欲しくなる。それほどに癖になるラーメンだ。

見た目は定番の宮崎ラーメン。やや白濁したスープに、透明な脂が浮かんでいる。具は長葱と叉焼、たっぷりのもやし。麺は中太のストレートで、軟らかめに茹でてある。スープを口に運ぶと、がつんとしたとんこつの旨味に、醤油のあっさりさが追いかけてくる。脂も決してくどくなく、さっぱりとした後味だった。

麺は啜《すす》れば啜るほどスープの味が絡みついて、箸を持つ手が止まらなくなる。豚バラの叉焼もしっかり味が染みていて、かと言ってスープの味を邪魔することはない。あくまで主役は麺とスープだ。食べ終わった印象も、しっかり「ラーメンを食べた」と満足できる。

食後五分も経っていないが、EIZIのラーメンに春花はすでに恋しさを覚えていた。本当に期待以上の味。だからこそ、春花には悔しさしか残らないのだ。店主は最後まで、物産展の話に耳を傾けることはなかった。その一方で春花に出したラーメンには一切手抜きも妥協もなかった。信頼できるプロの仕事。その心意気にますます、物産展に招きたいと思わされる。

正直、これ以上の味に、この先出会えるとは思えなかった。宮崎に来てまだ一軒目だが、すでに正解に行き着いた感触。そのラーメンを物産展に出せないとわかって、どうしても次への一歩が鈍る春花なのだが。

「さあ、ここからが本番よ」

春花の正面に立って、赤い影が不敵に笑う。店内では最後まで、EIZIのラーメンを口にしなかった御厨だ。有言実行のバイヤー哲学は本日も健在らしい。

発破をかけられても、春花はなかなか前向きになれない。

「でも、店主は物産展には参加しないって」

「一度断られたら、それでお終《しま》い？　相手の言うことを鵜呑《うの》みにするの？　あなたの食べた一杯は、その程度の味だったのかしら」

「いえ、期待以上の味でした。宮崎ラーメンらしいバランスの取れた味わい。奇をてらわず素直に味わえる一杯を、私は物産展で提供したいと思ってました。EIZIのラーメンはまさにその理想通り。だけど、店主の考えは……」

「心得なさい。物産展を開くのは、ただそこを訪れる来場者のためだけじゃない。そこで店を構える店主、その裏方を務める生産者。彼らにも同様に物産展に参加する意義を理解してもらうことが、バイヤーである私たちの使命よ」

「バイヤーの使命」

サングラス越しの視線に凄まれて、春花はごくりと唾を飲む。覚悟の差はやはり春花が思う以上に明らかだった。

「特に、今回のＥＩＺＩのラーメン。説得する手間を掛けてでも、物産展に出してみたいと思わされる一杯だったわ。あなたの言うように、宮崎ラーメンらしいあっさりとこってりが見事に調和した一杯。味の繊細さは店主の強い拘りね」

「わ、わかるんですか？　御厨さんは一口も食べてないのに」

「食べなくてもわかる。スープと返しの割合。煮出したとんこつの色み。麺を中太ストレートにしているのも、スープの繊細さを味わってもらうため。あなたも食べることばかりに気を取られてないで、少しは周囲を見る目を養いなさい」

「それは、弁解の余地もないですが……」

「鍵を握るのは、にんにく醬油ね」

いきなり突飛なことを言い出して、しかし、本人の顔に冗談の色はない。

そういえば店でも、御厨が自分で発言したのはその点に関してのみだった。卓上のにんにく醬油。それが、ＥＩＺＩの店内には見当たらない——。

面食らった表情の春花に、御厨は冷たく付け加える。

「宮崎ラーメンにはにんにく醤油。それから、つきだしのたくあんが定番よ。食品バイヤーなら知っていて当然」

「もちろん、それくらいはわかってます。宮崎ラーメンはあっさりめの味が主流だから、客の好みに合わせて味を調整できるようにって。でも、にんにく醤油を置いていない店も最近は増えていて」

「ＥＩＺＩは次世代の味を目指しながら、伝統を守ることにも注力している。そういう店なのでしょう？　であれば、にんにく醤油は欠かせないと普通ならば考える。なのに、店に用意していないのはなぜか」

　真正面から問いかけられて、春花はその場で考え込んだ。

　確かに定番を外すことは、ＥＩＺＩの印象と違う。宮崎ラーメンの真骨頂が、ＥＩＺＩの最大の美点だ。あっさりとこってりの共存。特にさっき食べた一杯には、何とも言えない繊細さがある。こってりをとんこつの風味で表現しているとしたら、この場合、あっさりのベースになっているのは……。

「おそらく醤油の『質』に関わるものね。問題なのは、その風味よ」

「醤油？」

「あるいは店主の意気込みか。どちらにせよ、こうしていても見えてくる答えはない。

食品バイヤーは足で稼ぐものよ」

言いながら、早速一歩を踏み出していた。

頭の整理は追いつかないが、春花はとにかく後を追った。以前熊本でも福岡でも、春花の前に現れるや否や、たちどころに問題の本質を突いてみせた彼女だ。今回も春花には見えていないものが、すでにわかっているのだとしたら。

「飛行機の時間には、ちょうど良いわね」

「え、飛行機？」

腕時計に視線を落とした御厨に、思わず裏返った声で聞く。

「現時点でこの場所に用はないわ。必要なのは新たな視点よ」

「でも、宮崎のラーメンは――」

「発想を切り替えなさい。今、私たちが求めるものは何？　その答えが新たな目的地に繋がる」

「教えてください。どこなんですか、その目的地って？」

前のめりになった春花の問いに、先を行く背中が立ち止まる。振り返って言ったのは、彼女にしては茶目っ気のある一言だった。

「ズル休みのいるところ」

＊

玄関から、覗いた顔が見物《みもの》だった。幽霊でも見たような顔で、あんぐりと口を開けている。不肖の後輩ながら、流石に春花も気の毒に思った。

部屋着姿の高城稔。「宅配便です」との声に釣られて、うっかり玄関ドアを開けた先。待っていたのは御厨京子の仁王立ちだ。表情を隠すサングラスが、ぴたりと高城の顔を射貫いていた。

宮崎からとんぼ返りで春花たちが向かった先は、東京都、三軒茶屋《さんげんぢやや》にあるマンションだった。「一刻を争うから」と御厨は急き立てるばかりで、飛行機に乗ってからも春花に事情説明はない。羽田《はねだ》空港からタクシーを飛ばして、辿り着いたのは後輩が暮らすマンション。見るからに築浅で、八階建ての最上階に高城の部屋があることも、なんだか春花には面白くなかった。

「お邪魔します」

強行突破で押し入って、御厨はずんずんと部屋の中に入り込む。慌てて高城が追いかけるが、まだ何が起こっているのか理解できていない表情だ。

廊下を抜けて、居住スペースに入る。おそらく間取りは1DK。とっ散らかったベッドの周りに、こちらも雑然としたテーブルの様相。弁当の空箱、カップ麺の食べ残しが放置されて、雑誌やゲーム、今時珍しいCDケースの山が所狭しと築かれている。一人暮らしの男性宅なら「まあ、さもありなん」という印象だが、職場を同じくする後輩の部屋かと思うと、やはり春花の口からは溜息が漏れる。私生活の指導もこの際、彼には必要かもしれない。

未だに文句も言い出せない高城に、御厨はしばらくの間、背を向ける。一度ぐるりと部屋の惨状を見渡してから、ようやく部屋の主《あるじ》に向き直った。ぎょっとした後輩の顔に、その優美な唇が告げる。

「今すぐ、あなたの実家に案内しなさい」

「はい？」

「催事担当のスーパーバイザーとして要請します。あなたの実家の協力が必要よ」

「ち、ちょっと、待ってください。いきなり部屋に入ってきて、なんで先輩と一緒？　俺の実家？　宮崎に出張に行ったんじゃないんですか？」

「説明してるゆとりはないの。あなたもバイヤー見習いなら、実家でも何でも、利用できるものは利用しなさい」

「だから、どうして俺の家が」

説明を求める高城だが、その態度に御厨の口がへの字に歪《ゆが》む。サングラスの向こうでも、目が吊《つ》り上《あ》がるのがはっきり見えた。さらに大きく踏み込み、顎を上げた彼女が、飛びかかるように高城に迫る。

「高城稔、二十六歳。私立大学に一浪して合格。かねた屋への入社は、実に転職三回目。面接の際に言われた台詞は『学歴はあるが、伸びしろはない』」

「先輩だけじゃなくて、俺の経歴も⁉」

「生まれは、千葉県香取郡神崎町《かとりぐんこうざきまち》。幼少期はいじめられっ子だった。実家は、明治から続く老舗の醤油醸造所！」

びしり、と指を突きつけられて泡を吹いた後輩以上に、虚を突かれたのは隣で聞いている春花だった。高城の経歴の出所はともかく「醤油醸造所」という言葉に、ようやく東京までとんぼ返りしてきた経緯に繋がる。

「御厨さん。醤油の生産者を訪ねるってことは……」

「私たちに必要なのは醤油のエキスパートよ。なぜＥＩＺＩの店内に、にんにく醤油が置かれていないのか。おそらく、スープの繊細さが問題よ。あっさりとこってりが共存した味。それを実現するために、ＥＩＺＩのラーメンには相当気を遣った調整がなされている。理想のバランスを表現するため、塩味《えんみ》も甘味もぎりぎりのところで調整しているのよ。だから、定番のにんにく醤油を店に置くことができなかった」

「そうか。にんにく醤油の味が、スープのバランスを崩してしまうから」

「醤油の醸造所に行けば、きっとＥＩＺＩのラーメンに適した物が見つかるはずよ。後がけのにんにく醤油として使っても、ラーメンの味を壊さないような。そして、その醤油を使った提案さえできれば、ＥＩＺＩの店主も物産展の話に聞く耳を持つはず。彼はこうも言っていたわ。『俺たちがやろうとしているのは、美味いラーメンを作ることだけだ。物産展に出たところでそのプラスにはならない』と。私たち、物産展のバイヤーと関わることで、さらに店のラーメンが進化を遂げる。それをあの店主に知らしめる必要がある」

言い切って、御厨は堂々と胸を張る。春花は胸を打たれる思いだった。物産展の意義——来場者だけでなく、出店者にもまた、それを理解してもらおうという強い意気込み。その揺るぎない哲学があるからこそ、彼女はどんな突飛な手段を使ってでも自信を持って前に進めるのだ。

「さらに進化したラーメンを」という文句も、ＥＩＺＩの店主にはきっとこれ以上ない誘いとなるだろう。

一方で全く合点がいっていないのは、部屋の主の高城だった。御厨の高説にはぽかんと口を開ける始末で、何なら充血した目元に苛立ちの気配が滲んでいる。

「なんなんすか、ほんと。先輩、これってどういうことですか？」

「高城君。実は、物産展のラーメンの件で――」

「説明は後よ。最高の物産展を作り上げるため、迅速な行動が第一。すぐに、実家に連絡を」

「冗談じゃないっすよ。なんで、俺が親父と話さなきゃいけないんすか。普段から、あんまり連絡もしてないのに」

「あなたの家庭の事情に興味はない。必要なのは、醤油の知識」

「俺を巻き込まないでくださいって！　大体、俺は病欠なんですよ？　ちゃんと先輩に、休むって伝えたんですから。それを部屋まで乗り込んできて、これから実家にだなんて」

いつもの調子を取り戻したのか、ぶつぶつと文句を溢す高城だが、御厨が引き下がる様子はない。振り仰いだのは部屋の壁際だった。そこに、冷暖房のリモコンがぶら下がっている。その表示を指差して言った御厨の声は凍《い》てついている。

「設定温度、十八度。体調不良で寝込むにしては、なかなか強気な室温ね」

「えっと、俺は暑がりだから」

「テーブルの上の残骸から推し量るに本日の昼食は、コンビニの弁当、カップ麺、パックのコーヒー牛乳。食後にアイス、スナック菓子、メロンパン……普段からこれくらい健啖《けんたん》なら、あなたの先輩もきっと指導のし甲斐があることでしょう」

「いや、体力をつけるのも、大事だし」

「本日分のレシートに依れば、これらの昼食を買い求めたのは、隣町のコンビニチェーン。ここから、自転車でも十五分以上ね。今度から体調不良時の食事は、出前を取るか、せめて近所の店舗を利用することをお薦めするわ。炎天下の中熱を押して、わざわざ地域限定の商品『プレミアムチョコバナナソフト』を買いに走るような元気は、今のあなたにはないはずだから。ちなみにそのコンビニの周辺に、病人が立ち寄りそうな、病院もクリニックも、調剤薬局も存在しない」

抜け目なく床からレシートを拾い上げて、御厨の声が淡々と告げる。

この辺りの地理にやけに詳しいことには面食らったが、ズル休みと看破していた時点で、彼女にはおおよその展開が見えていたのだろう。

ことごとく言い訳を潰されて、後輩の額に脂汗が浮かんでいる。「暑がりだから」とは本人の弁だが、その背筋には寒気が走っているに違いない。

あうあう、と言葉の出ない高城を見据えて、御厨の声が鋭く迫る。

「この場で体温計を口に突っ込まれたくなかったら、今すぐ、あなたの実家に案内しなさい」

とどめを刺された高城の顔が、春花にはいっそう青ざめて見えた。

*

家の前では、高城の両親が春花たちを出迎えてくれた。千葉県神崎町。高速を下りて国道を進んだ先、住宅地に入った一角に、立派な木造の建物が見えてくる。

黒い板張り。正面には年季の入った看板が下がり、そこに「正栄醤油店《しょうえいしょうゆてん》」の文字があった。明治から続く老舗の醤油醸造所。優に百五十年は遡れるらしく、醤油の生産が盛んな千葉県にあって、長く庶民の台所を支えてきた。

社長の高城正勝《まさかつ》は、四代目。稔の父親に当たるが、春花が対面した印象では想像より高齢だった。ポロシャツから覗く首元は痩せて、白髪頭はだいぶ薄くなっている。

「経営は娘夫婦に任せてるから」と本人は遠慮がちに語ったが、その笑い皺に快活そうな愛嬌が見て取れた。寄り添う高城夫人もにこにこと笑みを絶やさない、穏やかそうな人柄だ。

「専務の内藤《ないとう》さんは、お元気ですか？」

一通り挨拶を済ませたところで、社長の正勝から質問される。思わず「え？」と声を返して、春花は相手の顔を見返した。

「内藤さんとは高校の同窓なんですよ。もう四十年以上も前の話になりますが。そういう縁があって、かねた屋さんとはこれまで良いお付き合いをさせてもらっています。まだ引退されたとは伺ってませんが」

「申し訳ありません。専務の内藤とは、面識がなくて」

というより、春花は名前も知らない。おそらく、社内行事で出会してる可能性もあるが、役員ともなると春花にとっては雲上人だ。

春花の返事に気を悪くした様子もなく、納得した顔で正勝は応じる。

「ああ、そうでしょうね。かねた屋さんほどの会社なら、ご存じなくても不思議はありません。うちみたいな、小さな店とは違って」

「こちらの醬油蔵はご家族だけで？」

「娘夫婦と、常雇いが二人。それから近所の奥さん方に時々、パートに来てもらっています。醬油造りは時期があるものですから。特に今のような夏場は、仕込みもやっていません」

「作業をお休みされているんですか？」

「『寒仕込《かんじこ》み』といって、冬にだけ、諸味《もろみ》の元となる麹《こうじ》を造っているんですよ。他の蔵元さんでは『春仕込み』や『秋仕込み』を行うところもありますが。お話しした通り、小さな蔵で醤油を造ってますので。ただ諸味の熟成が進むのは、夏の今が最盛期です」

「申し訳ありません。醤油に関しては、まだまだ不勉強なもので」

「よろしかったら、蔵を見て行きませんか？　今お話しした熟成の過程をご覧いただけますよ。若い人には木桶《きおけ》は珍しいでしょう」

「是非、お願いします。あ、御厨さんは」

勝手に春花が話を進めて同行者の機嫌を損ねるかと心配したが、ちらりと横目で確認すると、御厨は小さく頷いている。「さあさあ」と社長の正勝が先頭に立って、正面の戸を潜る。建物に入ってすぐ、ぷん、と醤油の香ばしい匂いがした。

入り口の近くは売店になっているようだ。「正栄醤油」の名前が付された製品が、棚にずらりと並んでいる。

奥にまだ続きがあって、通路を抜けると薄暗い空間に出た。天窓から僅かに光が差している。目が慣れてくると、左右に圧巻の光景。巨大な木桶が並んでいた。歴史を感じる木の黒ずみ。合わせて三十はあるだろうか。どれも春花の背丈よりも大きく、おそらく二メートル弱。それぞれ梯子が掛かっていて、中身を掻き混ぜるためだろう、細長い棒が刺さっている。脇で社長の正勝が「櫂《かい》という道具です」と説明してくれた。

「この木桶の中に、冬場に仕込んだ諸味が入っています。諸味というのは、まあ、醤油の元となる、味噌《みそ》の親戚みたいなものですね。醤油の原料は大豆、小麦、塩と水。蒸した大豆と炒《い》った小麦を混ぜ、そこに種麹を加えて、麹菌《こうじきん》を繁殖させる。この麹造りが、醤油を造る上で最も重要な工程です」

「聞いたことがあります。伝統的な蔵には、それぞれ個性のある菌が棲《す》んでいると」

「醤油は職人が造るんじゃない。麹菌が造るのを我々人間が助けてるんだ、と親父から しつこく聞かされました。それで、しっかり麹が出来上がったところで、それを塩水と混ぜて、木桶の中で熟成させる。うちでは、約一年ですね。聞こえませんか？ ぷくぷくと諸味が発酵している音」

言われて耳を澄ませると、微《かす》かに木桶から音がする。何かが弾けるような、とろりと水分が蠢《うごめ》くような。この熟成の期間を経て、伝統的な、昔ながらの醤油が出来上がるのだろう。

「天然醸造に拘る醬油蔵も、めっきり少なくなりましたが」

蔵の中の蒸し暑さに汗を流して、正勝は感慨深そうに続ける。

「やはり、手塩にかけた物は美味いです。その分、コストはかかりますが。かねた屋さんを含め、付き合いのある組合さんなんかのおかげで、今もどうにか醬油造りを続けられています。大きなメーカーの商売には、とても敵いませんからね」

「千葉県は、醬油の生産量で全国一だと伺ってますが」

「それは、大手のメーカーが集中してますから。それでも、昔は四百ほどもあった醬油蔵が、今ではうちも含めて十数軒。新規参入の難しい業界です。十年後には、どうなっていることか」

「そんな事情が」

「でも、だからこそ、我々が踏ん張らなくちゃいけないとも思っています。大手メーカーの醬油を、私は悪いとは思いません。味と値段のバランス、どの料理にも合う汎用性など、普段使いにはもってこいの醬油です。その一方で、昔ながらの味を残すことも大切です。子供時分、口にした物が無くなってしまうのは、やはり寂しいですからね。なんて言って、仕事の大半を娘夫婦に任せてしまって、私は楽隠居ですが」

最後は冗談めかして笑って、自分の禿頭《とくとう》をぴしゃりと叩く。

話を聞いていて、春花は正勝から職人としての芯のようなものを感じた。戯《おど》けた笑みの向こうに、醤油造りに懸ける誇りと情熱が見えてくる。

「ああ、勝手な話ばかりして申し訳ありません。それで、かねた屋さんのご相談というのは？」

「実は、醤油の種類のことで」

「ラーメンに使う特別な醤油を探しています。素材の風味を損なわせないために」

突然会話に割り込んできた御厨が、春花の声を制する。それまで黙って醤油造りの話を聞いていた彼女だが、ここぞと鋭い切り口で尋ねた。

「こちらで造られているのは、一般的な濃口《こいくち》醤油ですね？」

「ええ。関東では、一番馴染みのある味です。昔は他に、再仕込《さいしこみ》醤油もやってましたが、これは熟成期間が長いので」

「素材の味を生かす、ということであれば、どんな醤油が考えられるでしょう？」

「やはり、淡口《うすくち》醤油じゃないでしょうか。素材の彩りや出汁《だし》の風味を、最大限引き立ててくれます。京都の懐石料理や、精進料理にも欠かせません。しかし、ラーメンの醤油となると」

「私たちが探しているのは後がけに使える醤油です。とんこつラーメンの風味を、極力邪魔しない」

「だとしたら、やはり淡口醤油は難しいかもしれませんね。『うすくち』と言いますが、一般的な醤油よりも塩味が強いのが特徴です。その分、少ない分量で味が決まるので素材の色や風味を損なわない、という使い方をします。その点、後がけでは、なかなか調整が難しいかと」

　難しい顔をして、正勝はうーんと首を捻《ひね》る。春花も一度は耳にしたことのある醤油の知識だったが、詳しいところになると、やはり職人の見識には敵わない。その点全く気後れせず、職人と対等に話ができる御厨は流石の一言だ。

「あっ」と気づいたように顔を上げて、正勝が御厨の方を見る。その顔に、明るい色が広がっている。

「白《しろ》醤油は試されましたか？」

「白醤油」

「愛知の方で、盛んに造られている醤油です。あえて旨味は抑えて、素材を生かすことに長《た》けています。淡口よりも色が薄くて、塩分はやや控えめ。愛好者の中には、アイスなどに少量かけて、塩の代わりに使ってる方もいるそうですよ」

「なるほど、後がけにも良さそうです」

「よろしければ、知り合いの蔵に連絡してみましょう。専業で白醤油を造っている人間が、愛知の仲間におりますから。声を掛ければ、力になってくれるはずです」

言って、すぐさま踵を返す社長の正勝。「よろしいんですか？」と思わず声を掛ける春花に、満面の笑みで頷き返した。「かねた屋さんの頼みですから」と朗らかに応じるその声が、最後に小さく付け加える。

「不肖の息子が、お世話になってますので」

ぺこりと小さくお辞儀をして、快活な足取りが出入り口の先に消えた。早速の対応には感謝しかなかった。半ば無理矢理押しかけて、迷惑顔の一つなく、知り合いの醤油蔵まで紹介してくれるという。正勝が言った通り、不肖の息子、高城稔の存在があればこその親切だろう。

そこでようやく気がついて、後輩の顔を周囲に探す。蔵に入ってから、一度も姿を見ていなかった。それこそ無理矢理に付き合わされて、高速を走る車の中でも、終始膨れっ面を隠さなかった高城だ。

実家に到着してからも、春花たちの後ろに隠れて、出しゃばることもなかったが。

蔵の裏口から出ると、外は中庭のようになっていた。

見上げると、茜色の空。思えば昼頃にはまだ、宮崎の空港だったのだ。東京にとんぼ返りして、後輩のマンション経由でそのまま千葉の郊外へ。醤油の香りと夏の匂いを同時に感じながら、春花はふと自分の居場所がわからなくなりそうだった。心地好い牧歌的な開放感の中にあっても、なおバイヤー業務に邁進しなければならない。

高城は母屋の濡れ縁に座って、深く項垂れていた。中庭を挟んだ蔵の向かいにある住居には、おそらく社長の正勝とその夫人、娘夫婦が暮らしているのだろう。後輩の高城の実家であるはずだが、なぜか春花の目に彼の姿は場違いに見える。無理矢理に着替えさせられた仕事用のスーツのせいかもしれない。高城にしてもほんの二時間前までは、自宅でのんびりと寛《くつろ》いでいたのだ。春花たちの急襲さえなければ、わざわざ部屋から引っ張り出され、不本意な帰省を余儀なくされることもなかったはずだった。とは言え、出迎えてくれた両親とさえほとんど喋ろうとしないのは、流石に春花も気に掛かった。

「高城君」

あまりの暗さに心配になって、春花は一人、後輩の元に歩み寄る。御厨は蔵に残って、社長の正勝を待つらしかった。一刻も早く、ＥＩＺＩのラーメンに合う醤油を探し当てる。御厨の食品バイヤーとしての執念には頭が下がる。

　春花からの呼びかけに、高城はちらりと視線を上げるのみだった。一瞬見えた表情が、暗さを通り越して土気色に染まっている。座り込んだ体も、全身に重たい空気を孕《はら》んでいた。

「高城君。やっぱり具合が」

「体調不良っていうのは、嘘です。騙《だま》してすみませんでした」

あまりに明け透けな物言いに、春花はむしろ不安を覚えた。嘘は当然認められなかったが、後輩のこんなに思い詰めた表情はこれまで見たことがない。実家のことが絡んだ途端、後輩にはいつにも増して投げやりな態度が目立っている。

「先輩も気づきましたよね？　親父が話したから」

視線は逸らしたままで、けれど高城の方から話を向けてくる。一瞬面食らった春花だったが、次の後輩の言葉で言わんとするところを理解した。

「俺、かねた屋にはコネで入社したんです。親父が、専務と知り合いだから」

高校の同級生だった、という話。現在でも正栄醤油店とかねた屋には、深い付き合いがあるという正勝の口ぶりだった。

「かねた屋の前に三回も仕事先を辞めて、ふらふらしてたんです。それまでいたどの会社も、一年も続かなかったし。それで見かねた親父が勝手に話をつけて、俺を今の職場に。東京の百貨店なんて贅沢《ぜいたく》だと思うけど、俺が自分で選んだ仕事じゃないんです。それも、食品に関わるなんて」

「家業を継ごうとは思わなかったの？　正栄醬油店は明治から続く老舗だって」

「家族も、最初はそのつもりでしたよ。姉とは十個近く歳《とし》が離れてて、長男の俺が生まれた時、親父は飛び上がって喜んだそうです。それで俺を醬油屋の跡取りとして厳しく育てたんです。ほんと、嫌になる毎日でした。あの通り、親父は醬油バカですから。俺が小さい時から『醬油屋の息子なら塩分の違いくらいわからなくちゃ駄目だ』とか『水の代わりに醬油を飲め』とか、ほんとスパルタで。醬油臭いって友達からはからかわれるし、ずっと自分の実家が大嫌いでした」

「そんな経験が」

「だから大学を出る時、親父と大喧嘩して、実家は継がないって宣言したんです。東京に出て、醬油屋とは縁を切る。俺は、俺の生きたいように生きるんだって。だって、そうでしょう？　なんで家業だからって、好きでもない商売を継がなきゃいけないんですか。そういうの時代遅れですよ。そもそも醬油屋自体、このご時世に伸びしろもないし。俺には、俺の人生があるから」

訥々《とつとつ》と語りながら、高城の口調には段々と熱を帯びてくるものがあった。自分の過去に対する怒り。その思いは年を経た今でも決して褪せるものではないようだ。短い沈黙の後、思い切ったように高城は続ける。

「俺、本当は役者になりたかったんです」

「役者？」

「大学で演劇サークルに誘われたんです。俺、背は高いでしょう？　顔は三枚目だって自覚あるけど。その時、演劇の面白さに夢中になったんです。ずっと、舞台に立っていたい。スポットライトの真ん中じゃなくても、自分のやりたいことをやり通すんだって。醤油屋の息子じゃない俺に、舞台の上ならなることができたんです。だから、最初の就職は腰掛けのつもりで。二つめもその次も、役者のオーディションを受けながら働いてました。でも、なかなか芽が出なくて。端役ももらえない毎日で、世話になっていた芸能事務所とも喧嘩別れみたいな形になって。それで」

「百貨店の仕事をすることになったのね、お父さんの紹介で。食品の仕事に回されたのは、不本意だったかもしれないけど」

「先輩には、申し訳ないって思ってます。俺、やる気ないじゃないですか？　食べることも、特別好きってわけじゃないし。それでも先輩は俺のこと気にかけてくれて。

仮病のことも、心配してくれてたし」

「それは、後輩だから」

「実家の醤油屋を捨てて、役者の道を志して、それでまた食品に関わる仕事をするなんて、やっぱりおかしいって思うんですよ。俺の今までの人生が無駄になる。いい加減な男って思われてるのはわかってますけど、そこだけはやっぱり譲れないんです。だから今日も病気だって嘘をついて、出張をズル休みして、一人でじっくり考えてたんです」

初めて、高城が顔を上げた。濡れ縁から立ち上がる。思わぬ近さから、思い詰めた声を放つ。

「俺、会社を辞めるつもりです」

「高城君!?」

「止めないでください、先輩！　親父の顔を潰すことになるのはわかってます。先輩の今までの親切も裏切ることになるし。それでも俺はやっぱり、自分の気持ちに嘘はつけません。俺にとって食品バイヤーは、天職の反対みたいなもんなんです！　俺には、俺のやりたいことがある！　俺は先輩みたいにはなれません！」

声高に言い切った高城の目は、興奮で真っ赤に充血していた。春花の顔を真っ直ぐに見据える。ここまではっきりと後輩が自分の気持ちを語ったのは初めてだった。

何を言うべきか迷っているところ、すっと間合いに入り込んできたのは、赤いスーツの御厨だった。手にメモ帳の切れ端を握っている。おそらく、社長の正勝から託された醤油醸造所の連絡先だろう。手にするべき物を手にした彼女は、言うべきことも一貫していた。

「高城稔。今度は、愛知まで同行しなさい」

サングラス越しの視線に睨まれて、高城は唖然として口を開ける。けれど、今度は怯まなかった。覚悟を決めたように、御厨の視線を真っ向から受け止める。

「嫌です。俺はもう付き合いません」

「白醤油の醸造所を訪ねます。同業者の息子が一緒となれば、相手の反応も自《おの》ずと好意的になるでしょう」

「だから、俺は関係ないですって！　これ以上、巻き込まれたくありません。醤油には関わらないって決めたんです」

「食品バイヤーの仕事よ。今度の物産展を最高のものにするため。あなたには尽力する義務がある」

「そんなの、関係ないって言ってるじゃないですか！　俺は、役者を目指してるんです！　バイヤーなんて押しつけられた仕事！　俺はやりたいことを、とことんやる人生を送りたいんです！　親父にも誰にも口出しなんてさせません！　今の仕事だって、もう辞めるって決めましたから！」

「仕事を辞める？」

「そうです。俺の本当の夢のためにです。バイヤーなんて、まっぴら御免です。俺が本当にやりたいことは――」

「おまえの事情など、知ったことか！」

火を噴くような御厨の一喝だった。勢い込んだ高城も、あまりの迫力に目を剝いた。サングラス越しの視線が、烈火の熱を帯び始める。その切れ味を試すように、さらなる舌鋒《ぜっぽう》が炸裂《さくれつ》した。

「他人《ひと》の人生は他人の人生、生きたいように生きるなら、自分の勝手にすればいい。ただしそれは、やるべきことをやっている、一人前の人間が言うことだ。役者をやるだの、仕事を辞めるだの、半端者の世迷《よま》い言《ごと》に誰が耳を貸す？　今まで、まともな仕事一つしてこないで！」

「それは、親父が勝手に職場を決めたから」

「そうやって、親の脛《すね》にしがみついてきたのはおまえ自身だろう！　親が勝手に決めた仕事？　なら、今の住まいも不本意か？　都心のマンションの最上階が。ぬくぬくと親の援助で暮らしておいて、ズル休みまで決め込んだのは自分の甲斐性とでも言うつもりか！」

「そ、それは」

「そもそも、やりたいことをやれないなどというのは仕事とは何の関係もない話。誰しも与えられた持ち場があり、託された仕事があり、その単純な約束事が世間という歯車を回している。自分だけが特別だと思うのは、度の越えた傲慢だ！」

「だけど、俺にも考えが」

「覚えておけ。おまえの仕事の背後には、何百という生産者、経営者、商品開発に携わってきた様々な人々が存在している。彼らの思いを踏みにじるつもりなら、私は決しておまえを許しはしない！」

びしりと突きつけられる白い指先。

仕事の本質を突いた御厨の言葉だったが、対する高城は依然として不満そうに口ごもっている。後輩の思いもわからないわけじゃなかった。醬油屋の息子に生まれついたのは、何も高城自身が望んだことじゃない。

けれど、そうした理解を期待できるほど、物産展の女は甘くない。

高城の顔を睨み付けると、御厨は大股で一歩踏み出した。ぎょっとして後ずさった高城の腕を、正面から思い切り摑み上げた。

「いてっ、痛いですって！」

涙目の高城を相手にせず、そのままずるずると引き摺っていく。まるで絞首台に連行する役人のようだ。

「ま、待ってください。どこに？」

思わず春花は叫んで、遠ざかる二つの影を追う。赤い背中は答えなかった。

中庭を突っ切ると、敷地の細い道を直進してそのまま醬油店の正面に出る。

手を上げて、摑まえたのは道路の向こうからやって来たタクシー。高城を後部座席に押し込んで、最終的に彼女が向かったのは——。


星が瞬く時刻。夜の闇に篝火《かがりび》のように灯《とも》る明かりは、ラーメン屋の看板。ＥＩＺＩ、と電飾が照らしている。

閉店間際の、その入り口に駆け込んでなお悪びれたところ一つないのが、赤いスーツの御厨だ。右手で高城の首根っこを摑んでいる。それを後ろから追いかけて、春花はあわあわと御厨の暴走を見守るしかなかった。

「あんたたち、昼間の」

面食らったのは当然、ＥＩＺＩの店主だろう。すでに大方の客は捌《は》けていて、店仕舞いを従業員と二人で始めていたらしい店主の金藤。その強面は相変わらずだが、分厚いタオルのすぐ下で、細い目が虚を突かれたように見開かれている。

「夜分に失礼いたします！」

その声量自体が失礼極まりなかったが、戸惑う店主を前にして、御厨はますます傲然と振る舞う。さしもの店主も身動きが取れず、さらに続いた声を聞く。

「恐れ入りますが、こちらの店で一人、半端者を引き取っていただけないでしょうか⁉　神をも恐れぬ、ろくでなしを！」

「引き取る？」

「人手が足りないと昼間に伺いました。猫の手も借りたい忙しさだと。この朴念仁の甲斐性なしは猫の手ほども役には立ちませんが、一応、人の形をしているのは事実。看板持ちくらいには、利用できるとお約束いたします」

「話がまるで見えないが。要は、その男をうちで雇えという用件か？　役立たずと太鼓判を押して、こっちに何かメリットがあると？」

「無償無給で結構です。責任は全て、当社かねた屋が負います。どうしても使えないということでしたら、スープの出汁にしていただいても構いません。それで店の評判が落ちるようなら、その保証も全額、私たちが」

「どうして、そこまで」

「この男に、社会の厳しさというものを叩き込んでやっていただきたいんです！　若くして店を起こし、立派に切り盛りする金藤様だからこそお願いしています。ラーメン屋は真剣勝負だとも仰っていました。どうかその心意気を、社会を舐《な》めきったこの若造に力ずくでご教示ください！」

ずばりと言い放って、御厨は高城の長身を前に押しやった。

えらいこっちゃ……後ろで聞いていて、春花もはらはらとする。もちろん、言われた当人は顔面蒼白《そうはく》だ。訳もわからず飛行機に乗せられ、宮崎に着いたかと思えば、ラーメン屋の丁稚《でっち》奉公《ぼうこう》を命じられる。くしゃくしゃの顔が春花の方を振り返ったが、ここに及んで、春花に後輩を助ける手だては浮かばなかった。「せんぱーい……」と情けない声が空《むな》しく店内に響く。

「ふざけてるならお断りだが」

訪問者から急な依頼を突きつけられて、しかしＥＩＺＩの店主の口元は笑っていた。

向かい合う御厨の顔を、面白がるように窺っている。

「人手が足りないのは本当の話。無償と言われれば、こちらに損もない。ただし、恩を売るつもりなら考え違いだぞ？　たとえ大金を積まれても、あんたたちの物産展にうちのラーメンを出すつもりはない」

「その件は度外視で。どうぞ存分に、ただ働きをさせてやってください」

「損得抜きか？　その腹の括り方が笑えるな。この男が、どれだけのへまをやらかしたかは知らないが、いいさ、引き受けよう。その男の面倒はうちで見る」

最後は大きく頷いて、店主は高城の方を見る。床に崩れ落ちたその有様に、にやりと不敵な笑みを浮かべた。

＊

ラーメン屋の一日は、スープの仕込みから始まる。高城の出勤時間は七時四十五分だ。毎朝慌てて、店に駆け込む。更衣室なんて気の利いたものはなかったので、バックヤードの片隅で手早く着替えを済ませる。黒い半袖のTシャツに、腰に巻いた前掛け、長靴。頭のタオルは必須かと思ったが、髪がまとまるなら何でも良いと店主の金藤から適当な帽子を渡された。

毎朝命じられた掃除を、高城は仕方なくこなした。とんこつの匂いを嗅いでる状況が理解できないし、そもそもラーメン作りに興味はない。だと言うのに、やれ「豚骨を水洗いしろ」だの、「血抜きを疎かにするな」だの、店主の罵声を浴び続ける毎日。ラーメン屋の仕事はどれも骨の折れる作業ばかりで、一度も体育会系であった経験のない高城の体は悲鳴を上げっぱなしだった。それでも、店主と物産展の女との口約束のせいで、宮崎の地に留め置かれるばかりで……。

開店時間を迎えてからが地獄の始まりである。聞きしに勝る人気店。客足は暖簾を出した直後から、ほとんど途切れることがなかった。カウンターとテーブル席があっという間に埋まる。店の外には長蛇の列。その客を捌《さば》きながらフロアの作業をこなすのが、高城に与えられた仕事だ。注文取りにラーメンの提供、行列への声掛けに空いた食器の後片付け。会計の度、いちいち手を消毒するのが面倒だったが、そこは店主がしっかり目を光らせている。

一旦、客足が落ち着けば、怒濤《どとう》の皿洗いが待っている。流しの惨状に辟易《へきえき》しながらも、下洗いした食器や丼をどんどん食洗機に回していく。その間、洗い場を含めた厨房が、茹《う》だるような暑さだった。おそらく四十度を超えている。厨房側に窓がないせいで、換気扇を回しても中に熱気が籠もるのだ。いくつもの寸胴から、ぐらぐらと湯気が上がっている。その中で、平然と作業を続ける店主ともう一人の従業員――「シユウさん」と呼ぶように言われた――が、高城には違う世界の生き物に見えた。

夜の十一時に閉店となって、ようやく長かった一日が終わる。時刻は概《おおむ》ね、深夜の零時。精も根も尽き果てるとはこのことだった。バックヤードの隅にへたり込んで、まともに顔も上げられない。思えば、食事を取る暇もなかった。昼の二時から休憩のはずだったが、客足は一向に途切れることはなく、そのまま夜のピークを迎えてしまった。

賄いで店のラーメンを食べても良いと言われていたが、朝からとんこつの匂いを嗅ぎ通しで、逆に食欲は減退するばかりだった。ＥＩＺＩに来てからというもの、高城はまだ肝心のラーメンを口にすらしていない。

「何でこんな目に」というのが、高城の正直な気持ちだった。

そもそも百貨店の仕事も辞めて、自由になるつもりだったのだ。それを物産展の女に引き摺られて、実家を訪れたのが運の尽き。いつの間にか宮崎行きの飛行機に乗せられ、気がつけば見知らぬ店主に滅私奉公だ。百貨店の勤務自体がどうなっているかは謎だが、そこはあの御厨が無理を押し通しているのに違いない。

そう考えると、あの無茶苦茶な提案を、あっさり受け容れたＥＩＺＩの店主も相当な変わり者だ。赤の他人である高城に、問答無用で仕事を押しつけてくる。暴力こそなかったが、あの強面だけで十分な脅しだった。

こんなこと、許されるもんか――！　連日の疲労困憊《ひろうこんぱい》の中、高城は理不尽な仕打ちを噛みしめる。パワハラにも程がある。東京に帰ったら、絶対に本社にクレームを入れてやる。いや、その足で辞表を叩き付けてやるんだ。

俺はもう、「食品」には関わらないって決めた。醤油屋の運命とは決別する。自分には、これだと決めた道があるから。役者としての人生が。

その決意だけは間違いない。

間違いない、と思ったのだけれど……。

その日は迷惑な酔っぱらい客が居座って、閉店時間が一時間もずれ込んでしまった。大学生らしいグループで、飲み会の締めにＥＩＺＩを訪れたようだ。普通にラーメンを注文したのは良いが、何度説明しても「酒を出せ」としつこい。流石に高城も呆れてしまった。ＥＩＺＩではアルコールを提供していない。行列のできるラーメン屋は回転数が命だからだ。何度も「申し訳ありません」と頭を下げる高城に対して、店主の金藤からはついに助け船が出ることはなかった。「何のための強面だよ」と文句の一つも言いたい高城だ。

結局酔っぱらいたちは、それぞれ一杯のラーメンを、一時間以上かけて食べて帰った。店仕舞いを終えた頃には、すでに深夜の一時過ぎ。くたくたなのはもちろんだが、明日のことを考えるとゆっくり体を休める余裕もなかった。これから寝床のホテルに戻って、シャワーを浴びて、少なくとも四時間は睡眠を取らなくちゃならない。夜食も口にしていられない。今日の昼飯も店の賄いは断ったというのに。

いっそのこと、店で寝泊まりしてしまおうか。いちいち、ホテルに帰るのが煩わしかった。一度店主が「うちに来るか？」と声を掛けてきたが、奥さんと子供、義理の両親と同居だと聞いて、高城は首を横に振った。自分の実家さえ避けているのに、他人の家で寝泊まりなんて御免だ。

店のバックヤードはわりに広くて、厨房と違ってコンクリートの壁がひんやりとしている。床で寝るのはぞっとしないが、なにせ疲労困憊だ。事務用の机に突っ伏せば、朝まできっとあっという間だろう……。

ついに立ち上がる気力も失せたところで、部屋の扉ががたんと音を立てる。顔を覗かせたのは、店主の金藤だった。頭にタオルを巻いた格好はそのままで、腰の前掛けだけ外している。すでに一週間以上も同じ店で働いているが、店主が他の服装をしているところを、高城はまだ見たことがない。

段ボールの脇に蹲るように座っている高城を見つけて、店主はその鋭い目つきをさらに細める。高城が何より苦手な視線だった。強面という以上に、その厳しさにはなんとなく、父親と同じ職人の気質を感じる。

「店を閉めるぞ」

言葉少なに言って、高城に退勤を促してくる。店主らしく、本人は他の従業員より先に帰ることはない。

店主に促されても、高城はなかなか腰を上げられなかった。それくらい疲れているというのが一つ。素直に言うことを聞くのが馬鹿らしいという気持ちもあった。

高城の気配に、何か察するものがあったのだろう。店主もそれ以上は取り合わないで、手近なパイプ椅子に腰掛ける。沈み込んだ上体に、ぐっと肉付きの良い体格を感じた。背もたれに寄りかかって、さっきよりも砕けた口調で聞いてくる。

「一体、何をやらかしたんだ？　俺の店なんかに押しつけられて」

「やらかした？」

「あの、赤いスーツの女だよ。社会の厳しさがどうとか。俺も真に受けるつもりはないが、あの女はなかなかの面の皮だ。人の店に来ておいて、ラーメンの一杯も食べやしない。あげく、無料奉仕《ただばたらき》の斡旋《あっせん》だ」

「あの人はおかしいんですよ。伝説のバイヤーだか、百貨店の救世主だか知らないけど。仕事のやり方も滅茶苦茶《めちゃくちゃ》で、どれだけ俺たちが振り回されたか」

「伝説のバイヤー？　悪目立ちするのは格好ばかりじゃないみたいだな。だが、嘘はついちゃいない。これは、仕事をする上で大事なことだ。だから、俺も話を受けてみる気になった。当人のおまえにとっては良い迷惑だろうが」

ふふん、と口元で笑った店主に、高城は声を返せない。

何をやらかしたかと問われれば、今日までの全部が原因なのだ。仕事に不真面目だったこと、何もかも中途半端だったこと。出張をズル休みして、マンションの自室に踏み込まれた。実家の醤油屋を案内すれば、父親との確執も露見した。かねた屋にはコネ入社。それさえ、高城は「役者の夢」と言って放り出そうとしている。

「脛に傷があるって顔だな。不義理を、自分でも恥じている」

店主に見透かされたような気がして、高城はとっさに顔を背けた。

「ほっといてください。俺のこと何も知らないで」

「何も知らないのはお互い様だ。それでも、こうして一緒に仕事をしている。どうして、本音で話そうとしない？　あの女の悪口なら、喜んで聞く」

「俺は、無理矢理ここに連れて来られただけですから。別にラーメンにも興味はないし、そもそも食品に関わること自体、俺は嫌なんです。毎日、とんこつの匂いを嗅ぎながら仕事をするとか」

「こういう仕事が嫌いなのか？」

「好きでやってる人にはわからないですよ！　好きなことして、店も繁盛して！　俺なんか、やりたいこともやれてないし、仕事も嫌になるばっかりで……自分が一番に打ち込めることをやってる人に、俺の気持ちなんて」

言い募って、何より高城自身が気の高ぶりに面食らってしまった。

好きな仕事――そう、役者の仕事を続けられていたら、きっと自分はこんなふうにふて腐れていない。少なくとも周りに押さえつけられながら、不本意な毎日を送ることもなかったはずだ。けれど現実はとんこつの匂いを嗅ぎながら、作業のいちいちに苛立っている。そんな自分が惨めで仕方ないのだ。

もし、役者の夢を追い続けられていたら――。

涙まで出そうになって、高城は顔を背ける。反対に、店主の金藤はじっと高城を見据えている気配だった。

ふっと、呆れとも同情ともつかない息が店主の口から漏れる。意固地になって俯《うつむ》く高城の耳に、低い声が届いた。

「ラーメン屋が俺の天職だと？」

「そうでしょう。現に店は繁盛してるし、ラーメンを作ってるところ以外の店長なんて見たことは」

「見覚えがある、とちょっとは期待してたんだがな。おまえの世代的に」

言ってる意味がわからなくて、相手の顔を高城は見返す。「あ」と意表を突かれて、目を見張った。金藤が頭のタオルに手をかけていた。ラーメン屋の定番というより、ここまで来ると店主のトレードマーク。それをするすると巻き取って、露わになったのは驚くほどの長髪だった。くしゃくしゃの黒髪が、腰の辺りまですとんと落ちる。

さらに目を引いたのは、額を縦横に走る派手な彫り物《タトゥー》。乱暴な筆致で、毒々しい意匠が彫り込まれている。無骨な強面に、やんちゃを絵に描いたような容姿。店主の見せた変貌に、高城もはっと気づかされるものがあった。

「見覚えって、まさか……」

「心当たりがあったら、嬉しいね。俺の青春の大部分だ。ただ、堂々と店の看板に掲げても、俺の前職に気づいた客は今日まで一人もいやしない。どいつもこいつも、ラーメンを食べることに夢中で」

「それじゃあ、『ＥＩＺＩ』って名前は」

「俺の前職は、プロのミュージシャンだ。ロックバンド『ＣＨＥＡＴＥＲ《チーター》』のＥＩＺＩ。まあ、泣かず飛ばずの三流だったが」

自嘲するように笑って、金藤はその長髪を乱暴に掻く。

バンド名まで持ち出されて、流石に高城も記憶の縁に触れるものがあった。振り返るのは、学生時代。役者として必死に足掻《あが》いた時代だった。

地下劇団、という言葉がある。日の目を見ない、アンダーグラウンドの集団という意味合いが強いが、同じ地下という点で、素人バンドの界隈とは高城の所属する演劇サークルも隣同士という親近感があった。

そんな素人バンドの中から、ついに世に出た者たちがいる。決してメジャーではないけれど、綺羅星《きらぼし》のように輝いたバンドたち。

そうしたバンドの一つが、ロックバンド「ＣＨＥＡＴＥＲ」だ。大手のレコード会社には所属せず、ライブハウスを中心にして、自分たちの楽曲を演奏し続けた。「これが俺たちの音楽だ！」と流行りや定番は一切無視で、当時の音楽シーンに辟易としていた若者たちから、熱狂的な支持を集めた。

高城も演劇サークルの仲間に誘われて、彼らのライブには何度か足を運んだことがある。その時感じた熱量、衝撃。役者を夢見てまさにもがいている最中だった高城には、彼らの音楽が真っ直ぐに届いた。ライブの帰りに買ったCDは、当時の思い出として今も手元に残っている。

確か高城が大学を卒業した頃には、バンドは解散したと聞いたが。

「別に、俺の身の上話がしたいってわけじゃない。俺がバンドを辞めて、ラーメン屋を始めたなんてのは、与太話の類《たぐい》だ」

「ラーメン屋が夢だったんじゃないんですか？　もっと、美味いラーメンが作りたいって」

「ラーメン屋が夢じゃなかったら、美味いラーメンが作れないのか？　逆に、美味いラーメンを作らないやつがラーメン屋を続けられるか？　俺がバンドを辞めたのは、良くあるメンバー間のいざこざだ。一緒に事務所の借金まで付いてきた。手っ取り早く金を作る必要があった。ＥＩＺＩで一緒に働いてるのは、当時の事務所のマネージャーだよ」

「シュウさんが──

「夢だろうと、そうじゃなかろうと、死に物狂いでやるしかなかったのさ。知り合いの伝《つて》を頼って、何とかラーメン屋で修業させてもらって、一年前、ようやく地元の宮崎に店を構えることができた。それも別に、地元に愛着があったからじゃない。一番大きかったのは、東京じゃとても勝負にならないと思ったからだ。俺たちはただ、ここから始めるしかないと思った」

赤裸々に過去を語って、店主には一切卑屈の色はない。むしろ、胸を張って語っている。高城には不思議に思えた。毎日が真剣勝負と、ラーメンに向き合う店主たち。二人が成り行きでラーメン屋を始めたのだとしたら、彼らがこんなにも必死に仕事に取り組んでいるのは。

「要は、自分の持ち場で踏ん張るってことなのさ。それが天職だろうと、そうじゃなかろうと。好き嫌いで仕事ができるやつなんて、この世の中にはいないね。向き不向きってのは、自分で決められる話でもない」

「でも、金藤さんは音楽をやってたじゃないですか。学生時代の俺たちを、熱狂させるような。それって好きだったからですよね？　自分がやりたかったこと、やりたいことを必死にやるのが人生だって、CHEATERの曲にもあったじゃないですか？　だから俺も、役者の道を」

「確かに、音楽は俺にとっての夢だった。必死に向き合える、人生の場所。それが思い出話に変わった今でも、俺には何の後悔もない。ラーメン屋の店主として、だから店の看板に当時の名前を残してある」

「だったら」

「だからこそ、俺はラーメン屋の店主としても必死になれるんだ。好きだから、必死になれる？　夢だからこそ向き合える？　逆なんだよ。必死になった過去があるから、その先も俺は懸命になれる」

鋭い視線に射すくめられた。店主の、刃《やいば》のような目つき。けれど、責められている気はしなかった。突き放されているのとも違う。金藤は高城に向かって訴えかけようとしている。本人が言う通りの、必死さで。

「理由があって、人は頑張れるわけじゃない。好きだろうが嫌いだろうが、とにかく足掻く。必死に前を向く。その生々しい記憶の一つ一つが、そいつ自身の理由になるんだ。俺は必死で音楽をやった。その結果がどうあれ、その経験があるから俺はこの先も本気になれる。俺にとって、今それがラーメンを作ることなんだ」

「ＥＩＺＩのラーメンは」

「俺が本気でラーメンを作るのは、この先も本気で生きたいからだ」

　堂々と言い放って、金藤は強く口元を引き結んだ。それまでは無愛想な強面としか思わなかったが、今の話を聞いた後では、本心からラーメン屋の仕事に向き合っているのだろうと理解できる。店主なりの生き方で。それは、バンド時代と何一つ変わらない熱量に高城には思えた。

「ご託を並べても始まらない。まずは体で知らないと」

　重々しい声で言って、店主は椅子から立ち上がる。高城は思わず見上げたが、一度解いたタオルを、店主はもう一度、頭に巻き付けている。

「まだ、うちのラーメンを食ってなかったな。賄いも口にしないで」

「疲れてたから」

「だからこそ、食ってもらわなくちゃ困る。ＥＩＺＩのラーメンの売りは、こってりの中のあっさりだ。朝一でも深夜でも、どんな時でも口に合うラーメンを俺は目指している。それを店員がわかってなくちゃ、商売にならない」

「行くぞ」と言って、店主は厨房の方へと向かう。店仕舞いは、とっくに終わったはずだった。電源も落としているし、残ったスープも食材もまとめて冷蔵庫の中だ。それでもずんずんと先に進んで、金藤が厨房の明かりを点ける。

機材の電源を入れて、店主は麺を茹でる機械に改めて水を溜め始めた。さっき高城が汚れを落としたばかりの機械だ。シンクの底に小麦粉がこびり付くので、掃除をするのも一苦労なのだ。

「わざわざ、俺一人が食うために……」

申し訳なさが募って流石に高城も声を掛けるが、店主が聞き入れる様子はない。冷蔵庫からスープの入った寸胴を取り出して、少量を小鍋に移し替える。

作業を続ける店主に観念して、高城はカウンターの客席にひっそりと腰掛けた。そこから、店主の手つきがよく見える。仕事中は自分のことで手一杯だったが、こうして改めて店主を見ると、ラーメン作りに対する真摯な気持ちが伝わってくる。

丼にラーメンのたれを注いでいく。レードルでしっかりと量って、最後の一滴まで無駄にしない。スープを小鍋で温めながら、仕上げに載せる具材の用意も並行してこなしていた。叉焼の塊を丁寧に包丁で切り分ける。食感のアクセントになるのは生のもやし。水洗いした後、ざるに上げて水気を切るのがいつものやり方だった。朝の仕込みの一環なので、高城も夢に見るほど毎日大量のもやしを洗っている。

十分にお湯が温まったところで、特注の中太麺を解しながら機械に入れる。きっかり五分半。時折箸を入れながら、麺の茹で具合を見る店主の目は真剣そのものだ。

麺の茹で上がりを見計らって、スープを丼に入れ、続いて少量の葱をスープに散らす。素早い手つきで麺を上げ、ちゃっちゃっと手際よく水気を切ってから、丼の中に流し入れる。麺をスープに泳がせると、独特の香りが立ち上った。長葱、叉焼、もやしを載せて、最後に軽く胡椒《こしょう》を振る。ずいっとカウンター越しに丼が差し出されると、高城の前に、見慣れたEIZIのラーメンが出来上がっていた。

ごくり、と唾を飲み込んだ。先ほどの店主の話を聞いたせいかもしれないが、高城は初めてEIZIのラーメンを「美味そうだ」と思った。もともとラーメンは嫌いじゃないし、仕事じゃなければとんこつラーメンはむしろ好物だ。

意地を張るんじゃなかったと、今さらながら後悔する。仕事中、食欲が湧かなかったのは本当だが、どこかで「口にしてやるもんか」と斜に構える自分もいた。今となっては、子供っぽい態度に思える。なんと言っても、EIZIのラーメンは行列のできる一杯なのだ。

「冷めたらまずいぞ」

店主の声に促されて、やっと割り箸を手に取る。「いただきます」とこれは職場の先輩に叩き込まれたやり方で、手を合わせてから食事に取り掛かった。

まずはスープ。一口。ん、と濃厚な旨味が広がって、続けざま、麺を持ち上げる。勢いよく啜って、噛みしめるのがもどかしかった。脳天が痺《しび》れたような感覚に、思いがけず口走る。

「美味い」

スープも麺も最高だった。極度の空腹を差し引いても、これまで食べたラーメンの中で最上のレベルだとわかる。むしろ、ラーメンの美味しさが自分の空腹具合を克明にした、という感覚。

とんこつラーメンと呼ぶには、やはりそのあっさりさが独特だった。舌にも、胃にも重たくない。ふわっとした醬油の風味。かと言って、疲れ切った高城の口にも物足りなさは感じない。圧倒的なスープの旨味。丁寧に豚ガラを煮ているからこそ、濃厚さの中にすっきりとした味が同居できるのだ。自分で毎朝仕込みを手伝っている分、感動もひとしおだ。

麺とスープの合間に、具材の味も堪能する。ほろほろと崩れる叉焼、しゃきしゃきのもやし。全てが渾然一体となって、最後にスープで流し込む味は格別だった。自然と白いご飯が欲しくなる。店では九割以上の客がライスを頼むのも頷ける話だった。炊飯器が空であるのが、心の底から恨めしい。

麺、スープ、具材と繰り返して、あっという間に一杯のラーメンを平らげる。息をつく暇もないくらいだった。食事がこんなに疲れると感じたのは初めてだ。もちろん、嫌な疲れ方じゃない。自分のありったけの集中力で、一杯のラーメンに向き合った証拠だ。

これが店主の意気込みなんだ。空になった丼の底を見つめて、高城は改めてその味を噛みしめる。「過去があるから」と言った金藤の言葉。彼にも挫折があると聞かされた。音楽の道を、半ばで降りた経験。ラーメン屋に鞍替《くらが》えして、それでも店主が腐らないのは、必死になった過去があるから。かつて足掻いた経験が、店主を今も突き動かしている。その思いを、正面から見せつけられたラーメンだった。

一杯に一切の妥協もないから、ＥＩＺＩのラーメンは人に美味いと言わせるし、それ以上の感動を生むのだ。

翻って、自分の生き方はどうだったか。役者になる、という自分の夢。必死になったつもりだった。精一杯、足掻いた結果。けれど、未だに夢に拘るのは、単に目の前の現実から逃げたいだけだったんじゃないだろうか。都合の良い方便。夢と言って、目標と語って、自分はますます本気になることから遠ざかろうとしている。

まだ、間に合うなら。

本気で今の仕事に打ち込むことができたなら、食品バイヤーとしての自分に正面から向き合えたなら、惨めな自分を変えられるだろうか。

役者を夢見たことを、無駄にせずに済むだろうか。ラーメン作りは真剣勝負と語る店主や、毎日を必死に生きているように見える、職場の先輩や物産展の女と同じ気持ちで。

「美味かった、です」

完食してからしばらく経って、高城は小さく呟いた。「おお」とカウンターの向こうで店主が頷く。

「このラーメン、塩分濃度は、一・二パーセントですね」

「何だって？」

高城の口から出た言葉に、店主はぎょっとした顔をする。それまで余裕を崩さなかった相手だけに、高城は少し面白く感じた。表情を引き締め直した後、真面目な声で続ける。

「食べ歩きの権化みたいな先輩から、教わったことがあるんです。一般に、人が美味しいと感じる塩分濃度は一パーセント。ラーメンのスープになると、具材の分を補うことになるので一・三パーセントが適切な濃度だって」

「それで、うちのラーメンが一・二パーセント？」

「若干ですけど、塩味よりもスープの旨味の方を強く感じました。出汁の味を、塩の輪郭ではっきりさせてるというか。これも先輩の受け売りですけど、ＥＩＺＩのラーメンは、スープの繊細さが売りなんですよね？　だから、あえて塩味を抑えてるんだろうなって」

言い終えた高城の顔を、店主の目は疑うように見ていた。何か、詐欺にでも遭ったかのような表情。一度、空になったラーメン丼に目を落としてから、再び高城の方を向く。

「確かに、繊細な豚ガラの出汁がＥＩＺＩのラーメンの命だ。塩味は、それを邪魔しない程度。だから、たれに使う醬油には相当気を遣ってる。だが、それを一度食べただけで？」

「定番のにんにく醬油を置いてないのも、きっとちょうど良い醬油が見つからないからだって、先輩たちが話してました。お客さんからも、時々文句を言われるんですよ。宮崎ラーメンのくせに味の調整もできないのかって。あれって結構、仕事の邪魔で」

「お客の文句も財産だが……言う通り、うちのラーメンに合うにんにく醬油を見つけることは永遠の課題だ。できるなら、うちも定番通り、にんにく醬油は置いておきたい。だが、なかなか手が回らなくてな」

「俺、手伝いましょうか」

訝しげな視線を向けられても、高城は顔を背けなかった。今までだったら、余計な口は挟まない。面倒だし、自分には関係ないと決め付けていたから。

ただ、今食べたラーメンの味に呼び起こされたものがある。本気になること。過去を無駄にしないこと。自分の全部が、これからの糧になるなら。

「どうして？」と聞く店主に、高城は胸を張って答えた。

「俺は、醤油屋の息子だから」

*

「――はい。今後とも、よろしくお願いします」

相手の通話が切れたのを確認して、春花は電話に受話器を戻した。かねた屋のオフィス。売り場に隣接するビルの五階に、春花が所属する「営業企画室」はある。デスクワークは久しぶりだった。秋の物産展を目前に控えて、春花は出張に次ぐ出張。直属の上司は経費のやり繰りに苦い顔だが、それを気にしていては物産展のバイヤーなど務まらないと最近は春花も腹を据えている。誰かの影響とは考えたくなかったが。

「御厨さん」

その誰かをオフィスの隅に捉えて、春花は本人の前に駆けつける。営業企画室のスーパーバイザーは、誰よりも尊大な顔で自分のデスクで腕組みをしていた。

「ＥＩＺＩの店主から連絡がありました。是非、秋の物産展に参加したいと」

「そう」

吉報を軽く流して、御厨は小さく頷くのみ。最初の訪問からすでに一ヶ月が経っているが、その間もＥＩＺＩの動向について一切口を挟まなかった彼女だ。自分の仕事はすでに済ませてある、とばかりに。

「高城君が頑張ってくれました。ＥＩＺＩと密に連絡を取ってくれて」

「店で武者修業をさせてもらったのだから当然ね。腑抜けた顔は、相変わらずのようだけど」

「本気で会社を辞めちゃうんじゃないかと心配しました。でも結局は、かねた屋に残ってくれて。今は仕事に対しても一生懸命です。ＥＩＺＩのラーメンのために、日本中の醤油蔵を探し回ったり」

宮崎での武者修業から帰ってきた後輩の顔は、春花に言わせれば別人だった。現地から電話を寄越して、その時すでに「EIZIに合う醤油を探したい」と、以前の彼からしたら考えられない進歩だった。結局、EIZIには二週間近くお世話になって、東京に戻ってからも意欲的に秋の物産展の仕事に取り組んでいる。

千葉の実家へも、頻繁に足を運んでいるようだ。もちろんそれも、醤油の研究のため。高城のそうした努力が実を結んで、本日のEIZIからの吉報に繋がったのは間違いなかった。今日も後輩は、名古屋にあるらしい古い醤油蔵を訪ねている。

ちなみに、EIZIにいた二週間は「研修」という名目で御厨がごり押しした。異例の短期研修には違いなかったが、事後承諾を呑まされた職場の上司――春花にとっても嫌みな上司――にはご愁傷様と言い添えるしかない。

「御厨さん。今回も、作戦通りだったんですか？」

「作戦？」

「高城君を、無理矢理EIZIに連れて行ったこと。ただ働きさせたことには驚きましたけど、結局それが切っ掛けで高城君もやる気になったし、EIZIの店主も物産展に前向きになってくれました」

「甘ったれの人生の敗者には、相応の喝が必要よ。EIZIの店主なら適任だわ。あの強面以上に彼は人生の紆余曲折がわかっている」

「知っていたんですか？　ＥＩＺＩの店主が昔はミュージシャンだったこと。私は世代が違ったから」

何よりその事実が、後輩のやる気に繋がったのだ。高城と同じように「大きな夢」からの挫折を経験している。その上で、ラーメン屋として奮起している姿が高城の心に火を付けたのだと、話の顛末《てんまつ》を聞いて春花もようやく理解できた。

その経緯も何もかも、全部が御厨の計画通りだったとしたら。

「世代違いは私も同じよ。ＥＩＺＩの店主とは、あの時が初対面」

「そうですか。てっきり、最初の時点で気づいてたのかと。そういえば、御厨さんの年齢って？」

「ほら、これがあなたの欲しがっている答えよ」

珍しく誤魔化すような言い方をして、すぐさま机の引き出しに手をかける。取り出したのは一枚のＣＤだ。見覚えがあると思ったのは、ジャケット写真の真ん中にＥＩＺＩの店主らしき長髪の青年の姿があったから……？　いや、それともう一つ、散らかりきった部屋の光景が春花の脳裏を掠《かす》めたからだ。

「もしかしてそれ、高城君のマンションの部屋に？」

「店主の顔を見た直後だったから、ぴんと来たわ。それで彼の経歴を調べた。高城稔と共通するところがあると感じたのはその先の話」

「あのごたごたの間に、そんなことまで」

「あなたも後輩をそんなに心配するなら、本人の趣味を、きちんと把握しておくことね。そうすれば、今度はどこに丁稚奉公させればいいかの参考になる」

ふふん、と皮肉げに笑って、手元のCDを放って寄越した。他人の持ち物を勝手に持ち出した是非はともかく、物産展の女の行動力に、毎度のことながら春花は舌を巻くばかりだ。

春花にとっては、また一つ借りができた形だ。

「ちなみに、このCDって聴いてみましたか？　EIZIの店主の昔の作品」

「いいえ。聴かなくてもわかるから」

「まさか、音楽の善《よ》し悪《あ》しも？」

「EIZIのラーメンが一級品だってことがよ」

小さく「馬鹿ね」と付け足して、肩を竦める物産展の女。その口元は満足そうに笑っていた。

嵐の海とりゅうきゅう茶漬け

空が割れるようだった。

一面を覆い尽くす黒雲。雨が容赦なく降り注いで、荒れる波間に弾けている。ライフジャケットの裾を握って、春花の顔は引きつっていた。激しく足元が上下している。ともすれば、投げ出されそうな船の揺れ。船縁《ふなべり》にしがみついたが、打ち付ける雨で視界はほとんど利かなかった。

五トンに満たない漁船の上、春花は事前に聞いた以上の恐怖を味わっている。

――どうして、こんなことに！

思うほどに、恨めしいのは風の音だ。春花の呻きも後悔も、全て猛烈な嵐が掻き消してしまう。頭上で大漁旗がはためいている。「吉兆丸《きっちょうまる》」と冗談みたいな船名は、春花に対する、なにがしかの嫌みだろうか？　不平が一つも響かない中、それでも舳先《へさき》からの怒号だけは、不思議と船上にこだまする。

「蓮見春花！」

呼ばわるのは、船首に陣取った仁王立ちの影だ。横殴りの風を、一向に気にする様子はない。彼女にとっては、嵐も津波も屁《へ》のカッパ。いつも通り派手なスカーフを靡かせて、赤いスーツの女――御厨京子は春花に言い放つ。

「食品バイヤーにとって、最も大事なものは何か!?」

——現在、喫緊に命が大事です！

そう叫び返したい春花だったが、もちろん、相手が期待している答えはそうじゃない。濡れるサングラスの向こうで、烈火の瞳が吊り上がっているのは間違いなかった。突風に逆立つ黒髪の、乱れる様は修羅のよう。

海の怪物と言われても疑いはしないその迫力で、もう一度、強い言葉を叩き付けてくる。

「これまであなたが感じたこと、あなた自身で得た知識！　その全てを駆使して、食品バイヤーが果たさなければならない使命とは何か！　秋の物産展の担当者として、逡巡《しゅんじゅん》の余地なく、あなたの答えを示しなさい！」

「私の答えは」

「それが果たせないなら、あなたはやはり食品バイヤー失格よ！」

何度となく突きつけられたその文句に、春花はぎりりと歯軋《はぎし》りする。

正直に言って、そんな悠長な問答をしている場合じゃなかった。気を抜けば、嵐の海に真っ逆さまだ。甲板は直角に持ち上がるようだし、風雨は一向に収まる気配を見せない。陸地からは、どれくらいの距離だったか。もう何時間、嵐の中にいるのか。

それでも、春花には逃れられない宿命だった。烈火の視線に晒される運命。

そもそも春花たちが、嵐の海に漕《こ》ぎ出《だ》さねばならなかった理由は――。

秋の物産展がいよいよ目前に迫っていた。かねた屋の社運を懸けた一大イベント。恒例の催事だが、今度ばかりは事情が違う。折からの百貨店不況。加えて社長肝煎りの九州物産展とあって、必勝を突きつけられた秋の陣。春花にとって、決して失敗の許されない正念場だ。

ここまでのところ、紆余曲折はありながら、春花にも手応えはある。天草のまだら屋、福岡のカプリス、そして宮崎のラーメン店、EIZI。他にも常連処《じょうれんどころ》の出店者は押さえてあるし、新たな目玉商品についても最後まで探求の手を緩めるつもりはない。

そんな折、春花の耳に入ったのは、同業のバイヤーからの情報だった。お互い、持ちつ持たれつの関係。専門とする分野が少し違っていることから、そのバイヤーが手に入れた情報を、幸運にも春花が耳にすることになった。曰く、絶品の「りゅうきゅう」が大分県佐賀関《さがのせき》にある――。

りゅうきゅうと聞くと、真っ先に沖縄県を連想しがちだが、歴《れっき》とした大分の郷土料理である。新鮮な魚を切り身にし、醤油、みりん、ごまと生姜《しょうが》で和《あ》えたもの。酒のあてとして申し分ないし、ご飯の上に載せて丼にしたり、お茶漬けにしてさらさらと掻きこむのも悪くない。元来は、捌いた魚の切れ端を一種の保存食としてたれに漬けておいた物のようだが、この「りゅうきゅう」を至高の料理にまで高めた人物がいるらしい。

噂を聞きつけて、早速、春花たちは大分県大分市へと飛んだ。後輩の高城を同行させる。物産展の出店者選びも、いよいよ大詰めだった。

最初に訪れたのは、市内の老舗旅館だ。大翔亭《たいしょうてい》と号される。かねた屋とは古くからの付き合いで、地元の食材に関して、折に触れて便りをくれる貴重な情報源だ。かねた屋からも催事や社内旅行など、日頃の付き合いは欠かさない。

春花たちを出迎えてくれた女将《おかみ》の笑顔は心がこもっていた。もう五十近くになるはずだが、朱色が眩しい和服の着こなしであったり、紅を引いた口元の艶《あで》やかさだったり、同性の春花から見ても見惚《みと》れるほどの華がある。二十年先を考えても、春花が同じようになっている未来は、ほとんど想像できない。

「佐賀関は、市の中心部からも遠くありませんからね」

春花たちを部屋に案内しながら、女将は早速本題に入ってくれる。高城も一緒だが、当然泊まる部屋は別々だ。

「市内からバスで一時間ほどです。路線バスが駅前から出ておりますし」

「佐賀関といえば、やっぱりアジが有名ですよね」

「さすがは、かねた屋さんの食品バイヤー。ええ、佐賀関には、県内有数の漁港がございます。そこで水揚げされるアジ、サバは高級ブランド品として、全国的な知名度を誇っております。関アジ、関サバといって」

「身が締まってて、脂の乗りが素晴らしいですよね。東京の店ですが、一度、私も食べたことがあります。一匹丸ごとお刺身で。とてもアジとは思えませんでした」

「関アジ、関サバに関しては、地元の漁業組合が熱心にブランドの保護に努めております。出荷の方法であったり、偽物が出回らないよう認定証を作ったり。ですから、どこで食べても本物の関アジを味わうことができます」

にっこりと微笑《ほほえ》む女将に、春花も心から相づちを打つ。

食品バイヤーには常識だが、大分県の美味と言えば、関アジ、関サバは決して外せない。大分県の東部、佐賀関で獲れる魚は、どれも格別との評判だ。知り合いの漁師から聞いた話に依ると、佐賀関の沖、豊予《ほうよ》海峡《かいきょう》と呼ばれる漁場は海流が速く、また一年を通して餌となるプランクトンが豊富。そのため、そこで獲れるアジは脂が乗っていて、身の締まりも良くなるらしい。

　春花も一度食べた記憶では、とにかくその大きさに驚かされた。スーパーに並ぶアジとは全くの別物。高級魚と言って何ら不自然ではない。もちろん物産展でも人気のブランドで、切り身を贅沢に載せた海鮮丼などは完売必至の商品だ。

「塩焼きとかにはしないんすか？」

　脇で聞いていた高城が、考えなしの声を上げる。ＥＩＺＩの一件以来、見違えるほど仕事熱心になった後輩だが、だからといって、性根まで生まれ変わったとは言いがたい。今も妖艶な女将と話したいばかりに、口を挟んだ気配が濃厚だ。

　じと目で睨む春花とは裏腹に、女将はうふふと笑ってやり過ごす。

「もちろん、お客様のお好みで塩焼きを楽しまれるのも宜《よろ》しいかと思います。ですが、お薦めするのはやはりお刺身ですね。まずは、その歯応えの違いを楽しんでいただければと。旬も三月から十月までと、あまり時期を選びません」

「後輩の無駄口はともかく……私たちがお聞きしたいのは、その関アジを『りゅうきゅう』にして販売している店の情報です。大分県の、郷土食だと」

「りゅうきゅう、ですか。そうですね、漁港の直売所などでも、関アジや関サバを、りゅうきゅうとして販売していたかと思います。手軽なのが売りの一つです。土産物としては、佐賀関の定番ではないでしょうか？」

「話に依ると、幻のりゅうきゅうが佐賀関で販売されているらしいんです。具体的にどこで売られているのか、誰が作っているのか、まだわからないんですが」

「幻のりゅうきゅう」

「とにかく、食べた方がほとんどいない、という話です。にもかかわらず、噂が噂を呼んで、佐賀関でも専らの評判だとか。地元でも知る人ぞ知る幻の逸品。そういう物を持ち帰ってこそ、物産展の醍醐味があるんです」

力説して、春花はそれだけは譲れなかった。物産展にりゅうきゅうが登場することは珍しくないが、その中でも抜きんでた「逸品」を見つけ出すのが春花の仕事。普段は口にできない物を、特別な場所で、特別な機会に。幻のりゅうきゅうには、きっとそれだけの可能性が秘められている。

春花の話に、女将は考え込むように首を捻る。

「地元の評判……そうすると、やはり、現地を訪ねてみるのが一番かもしれないですね。うちの売店にもいくつか土産物を置いてありますが、幻という話は一度も。各家庭によっても、それぞれ味付けが異なる料理です。一般の流通に乗っていないとなると、後は個人の商店になるでしょうか」

「そう、ですか」

「あ、もしかして、『杉乃《すぎの》や』さんだったら。いえね、私共のお客様に、佐賀関で土産物屋を営まれているご婦人がいらっしゃいまして。もう八十の声は聞いているかと思うんですが、まさに地元の賢者と言うんでしょうか。郷土料理の知識も豊富で、うちの料理長が時々相談を持ちかけるくらいの方なんです。確かご主人が漁師をされていると聞いていますし、あるいは、そちらのお店に」

「是非、ご紹介いただけないでしょうか！　明日一番に伺って、お話を聞いてみたいと思います。もし、りゅうきゅうを扱っているようでしたら」

幸先の良い話に、思わず春花も前のめりになる。変わらず柔らかな物腰で、「承知しました」と女将は愛想良く頷いてくれた。

だがその直後、女将は「あ」ともう一度声を上げた。今度は戸惑うような表情だった。綺麗な眉間に皺を寄せ、春花と高城の顔を交互に見やる。

問いかけたのは、意外な台詞だ。

「お二人のご出身は、どちらで？」

「なんちえー。ぎゅうらしゅういわれてん、めんどうしい。そげんほげほっぽう、あっちあられんっちゃ。ただしらしんけんやっちょん。あんたもむげねえごつ。しゃあねえな？」

なにがしかの呪文を吐き出されて、春花は開いた口が塞がらなかった。いよいよ足を踏み入れた佐賀関の町。市の中心部からバスで一時間ほど。刻々と海の気配が近づく中、見えてきたのは長閑な町並みだ。佐賀関は人口二千人ほどの小規模な地区である。ビルや商業施設よりも人家の屋根の方が目立つ。

大翔亭の女将に聞いて春花たちが訪れたのは、小さな土産物屋だった。杉乃や、と名前を聞いたが、店頭には看板もない。粗末な民家と見紛《みまが》うほどで、立て付けの悪そうな引き戸、店頭に転がった段ボール、ガラス戸の奥では暗がりの中、埃《ほこり》を被った商品棚が寂しく傾いている。

先に春花たちの姿を見つけて、声を掛けてきたのは高齢の婦人だ。おそらくは杉乃やの店主、杉乃初音《はつね》。おそらくというのは、本人が捲し立てる言葉を一切理解できないからで、春花が名刺と共に挨拶しても、返ってくるのは意味不明の言語。外国に迷い込んだ気分だった。

「ど、どうするんですか、先輩」

喋りまくる婦人に気圧され、さしもの後輩も面食らって後ずさる。

大翔亭の女将から予め注意は受けていた。大分はさほど訛《なま》りが強い地方ではないらしいが、杉乃やの主人は昔ながらの語り口。同じ県民でも戸惑うことが多いという話だった。

戸惑うことにかけては、春花も決して負けていない。さっきから、目が泳ぎっぱなしだ。

「どうするって、大分弁なんて私にはわからないし。あ、ほら、高城君って、千葉県の生まれでしょ？　私に比べれば、方言とかも馴染みがあるんじゃ」

「今、うっすらと千葉県民を馬鹿にしませんでしたか⁉　これだから、東京生まれの、都会育ちの人は！」

「そんなつもりは」

偏見で言ったつもりはないが、ぷりぷりと怒る後輩に春花もばつが悪くなる。

言うほど春花の生まれた場所は、都会ではなかったけれど。

「しゃあねえな？」

「ひっ」

老婦人の声がまた飛んで、高城と二人肩を竦める。背が低く腰も曲がった風体だが、そのしわくちゃの顔は怒っているのか困っているのか見分けるのが難しい。もしかしたら、春花たちの訪問を歓迎してないってことも。

「だったか？　なんかなし、なまかたよこうち」

「あ、あの、私たちは」

「疲れてないか、と心配してくださっているのよ。あなたたちのこと」

背後からの声に、今さらどきりともしなかった。ほっとしたとは口が裂けても言えないが、この時ばかりは助っ人《すけと》の予感。振り返ると、いつも通りのサングラスが春花をひたりと見据えている。

「御厨さん！」

赤色のスーツは、やはり海辺の町には似つかわしくない。

「また一つ失点ね。食品バイヤーが方言を理解していないなんて」

のっけから皮肉を言って、口元で不満をあからさまにする。

毎度の唐突な登場には辟易するが、これが物産展の女の平常運転だ。今回も営業企画室のスーパーバイザーとして、現地に乗り込んできたらしい。

腹の虫をぐっと堪えて、御厨に問いかける。

「御厨さんはわかるんですか？　こちらのご婦人が仰ってること」

「地方を回るのは、バイヤーの宿命。その土地の言葉を理解しないで、地元の味に出会うことは不可能よ。もちろん日本中の方言は習得済み。どんな相手であれ、コミュニケーションはこの仕事の大前提よ」

「そりゃ御厨さんなら、犬や猫とでも話せそうですけど……」

「杉乃やの店主、杉乃初音様が仰っているのは、幻のりゅうきゅうについての言い分よ。『大げさに言われて恥ずかしい。自分はただ、一生懸命やってるだけよ』と」

「それじゃあ、やっぱりこのお店に『幻のりゅうきゅう』が？」

「ご婦人が手ずから作っているのは間違いないわ。地元でも一目置かれる、絶品のアジを使ったりゅうきゅう」

「あんたたち、そんなにうちの土産物が食べてえんか？」

春花と御厨の会話に割り込んで、改めて店主の初音が声を掛けてくる。方言が通じないことも理解してくれたようだ。今度は春花にもわかる言い方で、しわくちゃの顔を向けてくる。

「そりゃあ物好きやね。東京から来たっち聞いたけん、こっちが気ぃ遣う。見ちん通り、しわしわん婆さまだ。店も、先祖の家を居抜きした物。地元ん人に細々と、婆さんの料理を振る舞っちょん程度ちゃ」

「杉乃初音様。私たちが求めているのは、地元だからこそ喜ばれる料理です。そうした食べ物を東京のお客様に、たくさんの人に紹介したい。それが食品バイヤーである私たちの仕事なんです」

「はあ、東京んデパートの」

「地元のアジを使った、りゅうきゅうを作られていると伺いました。それも、店主ご自身で。一つ、食べさせていただくことは可能でしょうか？　地元で愛される味を、是非とも自分の舌で味わってみたいんです」

言って、失礼でない程度に頭を下げる。これまで、出店をお願いした相手は数え切れない。その中で春花が学んだのは相手を尊重する姿勢。物産展、とこちらの都合を押し出して、良い顔をする店主はいない。

改めて店主、初音の表情を見ると、あちゃー、という残念そうな顔。綺麗な白髪を何度も撫《な》でて、申し訳なさそうに春花に答える。

「一足、遅かったね。りゅうきゅうは朝の内に売り切れで。店の棚には並んじょらんのよ」

「え。売り切れ？」

「爺《じい》さまが朝獲ってきた魚をそんまま使いよるやろ？　五個も十個も作れば、魚はのうなるし、りゅうきゅうも売れちのうなる。ご近所の奥様方は、朝も耳も早えけん」

「もしかして、『幻』っていうのは……」

「婆さんの手で、あまり多くは作れんちゃ。美味しいち言われても、こればっかりはどうにも」

しんどそうに首を回して、しわくちゃの顔で苦笑する。

言われて、春花も落胆の色を隠せなかった。どうやら噂の真相は、極端な「その日仕事」に依るものだったらしい。店主一人が、わずかな魚で作っているため、朝には売り切れてしまう。まさに個人商店ならではの事情だ。

ただそれでも「食べてみたい」と春花は思う。店主の感じの良い人柄を見たこともそうだが、地元だけの事情とはいえ、即日完売というのはやはり味が本物だからだ。佐賀関は関アジの本場。その地元民に愛されるなら、絶品と信じて間違いない。

それに大分の幸と言って、やはり関アジは欠かせない。ここまで、九州の幸はあらかた網羅したつもりだ。熊本の海鮮に、福岡のスイーツ、ラーメンもあれば、肉もご飯物も目白押しだ。ここに大分の関アジが加われば、鬼に金棒、物産展の企画に遺漏はなかった。

覚悟を決めて大分県まで来た以上、このまま手ぶらで帰るわけには。

「初音様。明日、ご主人の船は出ますでしょうか？」

春花が肩を落とす中、御厨がおもむろに声を上げる。春花と同様、「はえ？」と面食らったらしい店主だったが、もごもごと口を動かしながら質問に答える。

「爺さんもいい歳やけん。決まった日取りに船は出さん。ただ、海は好きな男ちゃ。言いよれば、喜んで船を出すじゃろ」

「ありがとうございます」と店主の言葉を引き取って、御厨は春花の方に向き直る。

「聞いた通りよ。明朝、関アジ釣りの船が出る」

「釣り船？」

「店主のご主人は、佐賀関でも古株の漁師。同乗させてもらえれば、明日は間違いなく、杉乃やのりゅうきゅうを手に入れることができる」

言われて、春花もようやく合点がいった。ぽん、と手の平を打ち鳴らす。

「そうか。幻のりゅうきゅうは、ご主人が獲った魚で作るから」

「早速、ご主人に掛け合いましょう。漁の道連れが三名。食品バイヤーなら、どのように漁が行われるのか、現場を知ることも重要よ」

「わかりました！　明日こそ確実に、幻のりゅうきゅうを手に入れてみせます！」

サングラスの顔に向かって、春花も拳を握って請け合う。漁の現場を見られるなら、春花にとっても渡りに船だった。御厨の言う通り、商品の生産現場を知らないで秋の物産展の担当者は務まらない。

春花のやる気に頷き返して、御厨はふっと口元に笑みを浮かべる。

視線を空に据えてから、少々、不穏な台詞を口にした。

「たとえ明日どんな嵐に見舞われようとも、ね」

＊

海が荒れるにも、程があるんですけど——！

もう何度目かになる横波をやり過ごして、春花は膝から崩れ落ちそうになる。船縁にしがみついて何とか堪えた。吹き付ける雨と風。雷鳴まで轟《とどろ》いて、気分は完全に世界の終わりだ。

杉乃やでの話を終えてから、春花たちは一目散に港へと走った。今日の漁を終えて、杉乃初音のご主人、隆三郎《りゅうざぶろう》は船の整備をしているという。突然押し掛けたにもかかわらず、漁船「吉兆丸」のご主人は春花たちのお願いを快く引き受けてくれた。奥様と同じく高齢と聞いたが、腰が若干曲がっていることを除けば、日焼けした肌、力強い眉、額に巻いた鉢巻きが現役の海の男を物語っていた。

見た目とは裏腹に物腰の柔らかい対応で、ご主人は明日の朝五時の出航を約束してくれた。漁場は港から一時間ほど。一旦市内の宿に戻って、春花たちは明朝の漁に備える。深夜の三時に起き出して、タクシーを使って佐賀関まで到着してみれば、現地はあいにくの空模様だった。

あいにくというか、完全に悪天候だ。海は大時化《おおしけ》。港まで下りてみると、夜の闇の中、波がうねるのがはっきりと見えた。波に揉まれ海上の船が横揺れしている。

雨合羽の完全装備で現れた隆三郎は、降りしきる雨に笑いが止まらないようだった。

「誰か雨女でもおるな」と暢気《のんき》そうに嘯いて、春花たちにそれぞれライフジャケットを手渡してくる。「必ず着れ」とそこだけは真剣な眼差しで言って、とっとと出航の準備を始めてしまった。

戸惑う間にも船のエンジンの掛かる音がして、御厨、高城の順で甲板に上がる。真っ赤な合羽を着込んだ御厨に促されて、春花も渋々乗船する。あれってどこで売ってる合羽だろう？　相変わらずの出で立ちに、どうでも良いことが脳裏を過る。

せめて、雨が止みますように。

背中を丸めて空に祈った春花だったが、願い空しく天候は悪化するばかり。船が進み始めて一時間。漁場らしい海峡付近へと辿り着いた頃には、春花は上下の感覚が麻《ま》痺《ひ》するくらいだった。

どんっ！　大波が打ち付けて、今度こそ春花はその場にひっくり返る。反射的に高城の姿を探したが、彼はもう出航直後から目眩と恐怖で卒倒していた。甲板の上で大の字になっている後輩の生死はもうよくわからない。

「ねえちゃん。しゃあねえな？」

運転席の方から顔を覗かせて、隆三郎が心配そうに声を掛けてくる。

昨日の御厨の通訳で判明したことだが、「しゃあねえな」は大分弁で「大丈夫か」を意味する言葉らしい。だから、仕方がないと突き放されているわけではない。むしろ、春花のことを気遣ってくれているのだ。

「隆三郎さん！　こんな海で、漁ができるんですか⁉」

打ち付けた尻をさすりながら、春花は大声で問い質す。風の音がうるさくて、会話もままならないのだ。ただでさえ、大分弁には馴染みがないのに。

けらけらと笑って、隆三郎は暢気そうに答える。

「普通なら、船は出さねえな。見ちみぃ。漁場だってのに、うちらの他にいっちょん船は見当たらん」

「だったら、引き返した方が！」

「他ならぬ、婆さまの頼みだ。店のりゅうきゅうが食いたいって、そげなん、嬉しいに決まっちょんやんか。たとえ船が沈んでも、きっと目当てのアジを釣り上げてやるけん。あんたは、腹を空かせち待っちょってくれ」

「ある意味、胃袋は空っぽですけど……！　安全を最優先にしてください！　ご主人のことも危険に晒すわけにはいきません！　何よりこんな状態じゃ、命がいくらあっても」

「でもよ、あっちん姉さんが」

ふっと、にやけた笑いを消して、隆三郎は船首の方を指差す。振り返るのも厄介だったが、春花は目を向けないわけにはいかなかった。

猛烈な雨と風に晒されながら、御厨は仁王立ちを崩さない。春花の方からは、赤い合羽の背中が見える。フードは流され、黒髪がひどく乱れていた。海に挑みかかる、英雄か何かのようにも見えた。

再三の春花の制止を振り切って船を進ませ続けたのは、他ならぬ彼女の意志だった。

「海がそれを望んでいる」

流石に正気を疑う台詞を吐いて、船の先端から決して動こうとしない。熟練の漁師である隆三郎が「ほえー」と感心するくらいだった。

普通なら、船酔いで卒倒していても不思議はない荒波だ。後輩の醜態を例に出すまでもなく、春花にしても立っていられるのはただただ死への恐怖からだった。

御厨の強情な背中――それを間近に見せつけられて、流石に春花も、プロ意識を刺激された。

これまで、彼女には様々な教訓を叩き込まれてきた。天草での一件、福岡のカプリスの大改装、宮崎のラーメン店主の心意気。全て彼女の存在がなかったら、一品とて物産展に招くことは叶《かな》わなかっただろう。

だからこそ、簡単には船を降りられない。せめてこの大分では、自分の力で目玉商品を勝ち取るんだ。関アジを使った幻のりゅうきゅう。秋の物産展の最後のピース。

春花には船酔いがどうのと今は言っていられない。

「御厨さん！　ここで、獲物を釣り上げれば！」

船縁に摑まりながら、春花は揺れる甲板を踏みしめる。

「きっと、秋の物産展は成功しますよね⁉　かねた屋を救って、多くの人に感動を与えられて、日本一だと胸を張れる最高の物産展が！」

勢い込んだ春花の叫びに、赤い背中がちらりと振り返った。

「釣果は星占いとは違うけれど。そうね、食品バイヤーの意気込みが催事の成功を左右するという意味で、あなたには全力を尽くす義務がある。たとえ、嵐のただ中だろうと」

「私、今回のりゅうきゅうを物産展の最後の目玉にしたいと思っています！　一般には馴染みのない料理かもしれませんが、だからこそ多くの人に知らしめたいって！　バイヤーとしてのプライド！　関アジを使った商品ならそれが実現できると！」

「関アジ？」

春花の熱量とは裏腹な、冷めた声だった。今度は、はっきりと振り返る。雨に濡れたサングラス越しに、呆れの視線が見て取れる。

「え。私は意気込みを」

「勘違いが過ぎるようね。私たちは一言も『関アジ』を獲るとは言っていないわ」

「御厨さんこそ、何を言ってるんですか？　私たちはそのために、嵐の海に出たんですよね？　幻のりゅうきゅうを手に入れるために。だから、私たちには関アジが必要で」

「杉乃やのりゅうきゅうに、関アジは使われていないわ。使われているのは、ただのアジ」

言われた意味が理解できず、春花は相手の顔を呆然と見つめた。関アジが使われていない……？　だったら、この船に乗った意味は。ご主人の隆三郎氏は、ベテランの関アジ漁師のはず。

何も言えない春花を見て、御厨はいよいよ肩を竦めた。

「関アジは、厳格な管理の下に流通しているブランドだと、あなたも知っているはずよ？　偽物が横行することがないよう、地元の漁業組合が買い付けから出荷まで一貫して行っていると。だから高級ブランドとしての今がある」

「もちろん、知っています。関アジが獲れるのは、佐賀関の近海、この豊予海峡の漁場のみ。釣り方も厳格で、ルールに則《のっと》ったやり方以外、ブランドとは見なされないって」

「だからこそよ。この漁船の主、隆三郎氏は長年、この海で魚を獲り続けてきた。それこそ、関アジのブランドが確立される以前から。そうして、杉乃やのりゅうきゅうも、店主の初音様の手で作られた」

「ブランドが確立される前から」

「釣り上げた魚の全部が全部、満足のいく代物だとでも？　中には、釣り上げた段階で、傷が付いてしまう物もある。漁協に出す前に弱ってしまうことも。そうして規格外となった魚を、隆三郎氏は初音様のところに持ち帰っているの。傷物の魚まで『関アジ』としてしまっては、せっかくのブランドが台無しになると考えるから。つまり杉乃やのりゅうきゅうは、漁業組合を通していない。同じ豊予海峡で獲れたアジであっても、それでは『関アジ』のブランドは付かない。その名前を冠することができるのは唯一、地元の漁協を通したアジだけなのよ。そうですよね、隆三郎様？」

「まあ、習い性やけんなあ」

水を向けられて、隆三郎は嵐の中、ぼやくように答える。

「組合の全員でさ、ブランドっちものを守らならんよ。それには、釣り方もそうだし、魚の絞め方、扱い方。例えば、釣り上げた魚は、漁師でもなるべく手に触れんようにするし、活《い》きの良いまんまを保つ。人の手の温度で、魚ちゅうんは火傷《やけど》してしまうけんね。それから値段を付ける時も、いちいち重さを量ったりせん。『面買《つらが》い』っちゅうて、生《い》け簀《す》の中から見た目で値段を決めるんよ。その方が、魚に負担がかからん。そこまでして守る『関アジ』やけん、できるだけ大事にしとうよ。まあ、なんやかんや言うて、持ち帰るアジが少ねえと婆さんが怒るけん。アジに傷が付いてようといまいと、ある程度は手元に残して自分とこの商品にする。これは、組合の仲間には内緒ちゃ」

茶目っ気のある笑みを浮かべて、口元に「しー」っと指を当てる。

崩れ落ちたのは、春花の膝だ。ぎりぎり船の揺れに耐えていたところを、思わぬ一撃がとどめを刺してくる。関アジじゃない……？　杉乃やのりゅうきゅうは、別物のアジを使った商品だった。佐賀関の漁場で釣り上げられたアジであることは同じ。けれど、漁業組合を介した魚以外は、関アジを名乗ることは許されていない。それもこれも貴重な水産ブランドを守っていくため。

理屈は当然、春花も理解できたが、思惑が大外れしたのは間違いなかった。頭が一瞬、真っ白になる。杉乃やのりゅうきゅうが、規格外のアジで作られているのだとしたら、物産展に「関アジ」の看板は掲げられない。なんと言っても、大分県の有名ブランドだった。それで杉乃やの味が変わるわけでもなかったが、春花が期待したのは関アジとしての訴求力だ。ただのアジでは、他の商品に見劣りしてしまう。

こうなったら、正式な関アジを使ってもらうよう、杉乃やの店主に商品の改良を願い出るしか……。

「食品バイヤーにとって、最も大事なものは何か!?」

背中に風雨をいっそう感じたところで、御厨が大声を飛ばしてくる。はっと胸を突かれたのは、その声が明らかに怒りを帯びていたからだ。普段から、不機嫌と呆れが春花に向けられている。けれどこの時聞いた彼女の声は、もっと鋭く春花を打ち据えるものだった。

嵐であるのを一瞬忘れて、春花は呆然と声の主に目を向けた。

「これまであなたが感じたこと、あなた自身で得た知識！　その全てを駆使して、食品バイヤーが果たさなければならない使命とは何か！　秋の物産展の担当者として、逡巡の余地なく、あなたの答えを示しなさい！」

「私の答えは」

「それが果たせないなら、あなたはやはり食品バイヤー失格よ！」

突きつけられた言葉に、春花の背筋がびりびりと震える。

もう何度となく押された、失格の烙印だった。秋の物産展の担当者に任じられたのは、他でもない春花自身。部署に配属されたばかりだろうと、大食い一本と揶揄《やゆ》されようと、春花が背負ったものの重さは変わらない。

それをことある毎《ごと》に思い知らされてきた、御厨との日々だった。「物産展の女」の異名は伊達じゃない。春花は何度も打ち据えられて、ぐうの音も出なくて、その度に新たな気づきを得た。

今回もまたその烈火の瞳の奥に、春花を試す光が揺れている。

「さあ、あなたの答えは!?」

「そんなことを言われても、海が時化るばっかりで」

相手の意図はわかっても、あまりの窮地に全く頭が回らない。こんな嵐の海に、バイヤーとしての答えがあるの――？

戸惑う春花に突きつけられたのは、いつも通りの形相だった。風に煽《あお》られる赤い合羽を脱ぎ捨てると、舳先の方からずんずんと距離を詰めてくる。反射的に身を竦めて、けれど、怒れる足取りは春花を素通りした。

そのまま、運転席の隆三郎の元へと近づく。おや、という老漁師の顔に、御厨は力強い声をぶつける。

「ご主人！　釣り具を拝借させていただけますか!?」

「釣り具を？」

「本日釣り上げたアジの大部分は、やはり漁業組合へと回すべきかと思われます。ご主人は本来『関アジ』釣りの漁師なのですから。その代わり、私たち自身で釣り上げた魚は、優先的にかねた屋で購入させていただけますでしょうか？　たとえそのアジが傷物でなくとも。その釣果をもって、初音様に杉乃やのりゅうきゅうをお作りいただきたく存じます」

「そりゃ構わんけど。でもよ、この天気じゃ捗《はかど》らねえぞ？　何しろ、素人じゃ」

「ご心配なく！　こんなこともあろうかと、普段から鍛錬は欠かしておりません！　それもまた食品バイヤーたる覚悟です！」

言い切って、本人は船縁の段差に腰を据える。春花も「ええっ」と声を上げたが、それには一切取り合わない。笑った船主から仕掛けの釣り糸を受け取ると迷うことなく海面へと投げた。

関アジ釣りは、網を使わない一本釣りが原則だ。仕掛けの付いた糸を垂らして、指に伝わる感触で海中の獲物を釣り上げる。網で一網打尽にしてしまうと、引き上げるまでに時間が掛かり、魚の肉質が落ちてしまうのだと春花も事前に聞いていた。釣った魚が臭くなるので、撒《ま》き餌《え》も決して使わない。貴重な水産資源を守るための取り組みだが、一方で格段に漁が難しくなるとも。

「そりやっ！」

嵐をものともしない叫びが、佐賀関の海にこだまする。御厨が腕を振ったかと思うと、海面から銀の煌《きら》めきが舞い上がった。アジだ！　思わず声が出て、飛んでいる魚を指差していた。大きく跳ねて、船上に落ちる。目を見張るほどの大きさだった。やはり、一般のアジとは比べものにならない。身の引き締まった、見事な魚体。尾びれが際立って大きいのも、佐賀関で獲れるアジの特徴の一つだ。

春花が目を見張っている間にも、一本の糸から次々とアジが釣り上げられる。御厨の手つきはほとんど本職の勢いだった。じっと当たりが来るのを待ち受け、僅かな糸の揺れから一気に仕掛けを引き上げる。四匹、五匹、六匹とあっという間に船上の網が満杯になる。感心しながら見ていた船主も、途中から明らかに目を丸くしていた。後継者に欲しい、と本気で思ったかもしれない。

「次は、あなたの番よ」

突然に言われて、もちろん春花の理解は追いつかない。「へ？」という間抜けな声こそ呑み込んだが、正面に見えた表情は春花の動揺を問題としない。

「えっと、私が？」

「あなたもバイヤーなら、アジの一匹も釣り上げてみせなさい。物産展のお客様から『このアジはどうやって獲れるの？』と質問されて、通り一遍の知識しか話せないようでは三流以下。それが現場を知るということよ」

「だけど私、釣りなんて」

「獲って、食べる。食べて、生きる。その当たり前のことを理解するのに、素人も玄人も関係ない！　私たちは、生かされている！」

さあ、と仕掛けの糸を突きつけられて、春花の腕はわなわなと震えた。

とても、バイヤーの仕事とは思えない。現場を知るのも確かに重要。だからといって、嵐の中の一本釣りは流石に度が過ぎている。目下、関アジを物産展に出せるかどうかさえも怪しいのに……。

とは言え、春花に逃げ場がないのも確かだった。もとより、嵐の船上。物産展の女と同乗したからには、現在《いま》に至る運命は決まっていたものと呑み込むしかない。

「ままよ！」と仕掛けを受け取って、おっかなびっくり、船縁に陣取る。やはり笑った船主から指サックを渡されたが、震える手では準備するのもままならない。

さっきの見よう見まねで、とにかく仕掛けを海へと放る。先に重りが付いていて、波間にぐんぐんと落ちていく。当たりの感触を探ったが、荒れ狂う海ではいつ魚が仕掛けを食ったのか見当のつけようがなかった。掛かっているようにも感じるし、ただ潮に流されただけのようにも思える。指に掛かる微妙な糸の感触一つだが、これを的確に見定めたのだから、やはり物産展の女は食に関してはずば抜けている。

「あっ」と思う間にも、重さの消える感触があった。恐る恐る引き上げて、糸の先の重しがなくなっているのがわかる。脇で船主が「瀬に引っかかったな」と、残念そうな声を上げていた。

「次！」

それでも、手を緩めないのが御厨だ。春花が肩を落とす暇さえ許さず、リベンジの糸を突きつける。もはや釣りをしているのか、虐められているのかわからなかった。なんで、ここまでしなくちゃいけないの――？　文句をぶちまけたくなるが、肩口にはサングラスの視線。海面を睨み据えるより他なく、そうすると、きわきわだった三半規管がついに悲鳴を上げ始める。

猛烈な吐き気、ぐるぐると回り始めた視界。船の揺れは一向に収まる気配もなく、春花の中で、天と地が幾度となくひっくり返る。

もう駄目だ、と思った瞬間、びびっと糸が引かれた。また、重りが取れただけかもしれない。仕掛けが潮に流されたのかも。それでも朦朧《もうろう》とした意識の中で、春花も最後の意地を出す。

「今よ！」

鋭い声がして、春花は腹に力を込める。糸を頭上に引き上げた。指にこれまでにない確かな感触。海面が派手な音を立てる。銀の煌めきが、春花の正面に見えた。きらきらと躍る、立派な魚体。嵐の中で一瞬の静寂。

気づくと、魚が眼前だった。ばっちり目が合う。誰かが「あっ」と叫ぶ声。ぐるぐる回る視界。肩口にはこちらを見据える峻烈《しゅんれつ》な視線。

勢い余った獲物が鼻先に触れた時にはもう——。

＊

——お義母《かあ》さん！　やめてって、お願いしたでしょ！

——でもねえ、この子がほしがるから。

——お医者さんからも、食べ過ぎですって言われたじゃない！　さっき、お昼ご飯も食べたばっかりで！

——ハルちゃんは食べてる時、ほんとにこにこしてるから。

——女の子なのよ？　大食いなんて、みっともないわ。親戚と一緒にご飯も行けやしない。私はお淑《しと》やかに育てたいの！

——元気なら、良いと思うんだけどねえ。

ずいぶん懐かしい夢を見た。母親と祖母が言い争っている光景。五歳の春花は、それを「お腹が空いた」と思いながら呆然と眺めていた。母親の心配が今になって身に染みる。

結局、母と祖母の争いは春花の事情が優先されて、春花をお腹一杯にすることで二人の考えは一致を見るに至った。それでも母は「女の子なのに」と残念がっていたけれど。春花が中学生に上がる頃には、その祖母も脳梗塞で亡くなってしまって……。

走馬灯じゃないんだから、と春花はようやく意気地を奮った。昔のことを、懐かしんでいる場合じゃない。「じゃあ、どんな場合？」という自問に、春花はふっと横たわっている自分に気づく。畳の感触。頬に座布団らしい柔らかさがあって、目を開けるとぼんやりとした光が見えてくる。全身が重たかった。頼りない、足元の衣擦《きぬず》れ。

「先輩」

声がして首を巡らせる。高城の覗き込む顔が見えた。ずいぶんさっぱりとした顔をして、頬に血の気が戻っている。最後に見た後輩の顔は、墓場の幽霊もかくやのやつれっぷりだったが。

「ここは？」

体を起こしながら聞いて、自分でも辺りを見回す。見慣れない部屋だった。畳の床に、障子の戸が正面に見える。十畳ほどの和室に、春花は寝ていたらしい。

「杉乃さんのお宅ですよ。あれから、車で運ばれて」

「お宅」

「杉乃やのお店とは別に、自宅を持ってるみたいで。漁師って、意外に儲《もう》かるんですね。平屋だけど、敷地とか風呂とか結構な広さだし」

「待って。私たち、船から運び込まれたの？　関アジ釣りに出て、嵐に出会して、それから」

「大変だったんですよ？　先輩が気を失った後。って言っても、俺も大半は船酔いでグロッキーでしたけど。すぐに船を引き返して、漁師のご主人がここまで運んでくれたんです。少し休んだら良いって。初音さんの方も、快く出迎えてくれて」

言いながら、「じゃーん」と自身の浴衣姿を披露してくる。嵐ですぶ濡れになったから、杉乃家の服を借りるしかなかったらしい。

そういえば春花も、頼りない衣擦れと思ったのは浴衣の感触だったようだ。寝ている間に着替えさせてもらったらしいが、世話をしてくれたのは、初音の方だと今は信じておきたい。

「しゃあねえな？　二時間近くも眠って」

いい加減、耳慣れた大分弁で話しかけてきたのは、しわくちゃの顔が印象深い杉乃やの店主、初音だった。ここでは杉乃家の奥様と言うべきか。小さな体をさらに正座で縮こまらせて、春花の体調を気遣ってくれる。

「爺さまは、無茶するけん。あんな、おじぃ雨の中」

「いえ。船を出してくれるよう言ったのは私たちですから」

「風呂、入っちしまいな。湯は熱くしてあるから。年頃の娘が体を冷やしちゃ、風邪を引く」

「そんな、そこまでご厄介になるのは」

「ここで熱出される方が、よっぽど厄介っちゃ。嫁入り前のお嬢さんやろう？　お連れの若いにーちゃんは、さっき入ってもらったけん」

言われて高城の顔を振り向くと、本人は満足そうに頷いている。どうりで、血色がいいわけだった。相変わらず遠慮というものを知らない。

「さあさあ」と促されて、さしもの春花も断れる雰囲気じゃなかった。実際、体は冷え切っている。あの嵐に精も根も吸い尽くされたのだ。温かいお湯ならと仕事を忘れて、つい足が風呂場へ向く。先に立った初音に案内されて、きしきしと鳴る廊下を進む。突き当たりが脱衣所だった。「これ、タオルだから」と用意も万全で、恐縮しながら、春花はいそいそと浴衣の帯を解いた。

洗い場に出ると、今は珍しいタイルのお風呂。床に着いた足の裏が、僅かにひんやりとする。掛け湯で肌を洗い流して、洗顔もそこそこに湯船に浸かる。「あー」と思わず声が出た。芯からの冷えが消えていく。ほとんど生き返った心地だった。船の上で、実際春花は死んだも同然。九死に一生を得て陸地へと舞い戻り、お風呂のお湯で生きていることを実感する。のぼせるのに、大して時間もいらなそうだった。小さく窓を開けると、頬に触れるのは穏やかな風。雨はすっかり止んだようだ。

体を張った仕事だったなあ……。

意外な充実感に、さらに体の力が抜けた。

「お風呂、いただきました……」

春花が控えめに和室に戻ると、ご主人の隆三郎もテーブルの前に座っていた。顔色が、船で会った時以上に赤くなっている。

「まあまあ、風呂上がりに一杯」

グラスと一緒にビール瓶を春花に突き出した。「流石にそれは」と首を横に振った春花だったが、海の男はそれでは引かない。「にーちゃんも飲んでるから」とここでも後輩の厚かましさを持ち出され、ほろ酔い気味の高城を横目に、春花もグラスを受け取らざるをえなくなる。ビールの注《つ》がれる音が、春花の理性を一瞬消した。泡の色に魅了されて、促されるより前にぐいっと一息に呷《あお》る。

「ぷはーっ」

喉よりも前に、本能から出た声だった。食品バイヤーと言っても、春花は酒を嗜《たしな》む方じゃない。下戸ではないが強くもない。祝いの席で、せっかくだからといただく程度だ。ただ、今の一杯は胃袋に染みた。空っぽの体に爽快感が満ちていく。

「刺身が上がったちゃ」

姿の見えなかった初音が、障子戸の向こうから現れる。その先が台所に繋がっているらしい。お盆に載っているのは見事な魚の活《い》け造《づく》り。先ほどの漁で獲った、佐賀関のアジであるのは間違いなかった。

どんっとテーブルに置かれると、さらに迫力が増す。お頭の付いたアジの刺身だ。余計な添え物は一切なかった。大皿からはみ出すほどの迫力。人数分の小皿が配られて、醤油が順々に回される。

「約束やけん。あんたたちが獲った分は、あんたたちに全部譲る」

「でも、こんな立派なアジ」

「わしも、腹の底から楽しませてもらった。若いねーちゃんが、二人して見事な一本釣りだ。しかも、あん嵐の中で！」

からからと笑って、隆三郎が箸を促してくる。「それじゃあ」と春花も今さら遠慮しなかった。命懸けで釣った魚。目の前の獲物が春花が釣ったアジとは限らなかったが、かねた屋の一員として味を確かめる資格はある。

高城も春花が箸を付けるまで待っているようだった。若干のにやけた顔は、船上での春花の醜態を思い出しているに違いない。帰ったら必ず叱る、と心に留める。

箸で一切れ摘《つま》み上《あ》げた。驚いたのは身の厚み。ほとんどトンカツかと思うほどの重さで、箸の間でぶるぶると揺れる。

「いただきます」と呟いてから、口に運ぶ。想像以上の弾力だった。身が歯を押し返してくる。東京の店で一度、関アジを食べたことはあったが、今口にした感触は当時の記憶を上回っている。こりこりとして、噛むほどに旨味が増してくる。すっきりとした脂の後味。青魚特有の臭みは少しも気にならなかった。

高城も続いて、次々と皿の刺身が消えていく。また初音が台所に立って、次に運ばれてきたのは山盛りになった揚げ物だった。開いたアジを揚げた物と、丸っこく成形された二種類がある。

「アジのフライとコロッケ。フライは身に薄くパン粉を付けて、コロッケの方はじゃがいもに魚のアラを混ぜてあるけん」

「魚のアラ、ですか？」

「魚の全部を無駄にしないのが、漁師の妻の知恵。身もたっぷり入れてあるから、美味しいちゃ」

初音の柔らかい笑顔に押されて、まずはフライから手を付ける。これもアジとは思えない大きさだ。軽く醤油を付けて丸ごと頬張った。さくっという小気味良い音の後で、ふんわりとした軽い食感。まるで白身魚を食べているかのよう。かといって淡泊過ぎず、刺身と同じように噛むほどに旨味が湧き出てくる。

揚げ物と来れば、やはりビールだった。コロッケを片手にぐびぐびとやる高城に魅せられて、春花も堪らずグラスを呷る。すかさず酌をする隆三郎の顔が実に嬉しそうだった。

「こっちは、箸休めに」

続いてテーブルに置かれたのは、平たい皿に載ったアジの切り身。見た目には活け造りと変わらなかったが、よくよく見ると、少し身がしっとりしている。脇を彩る大葉、葱、おろし生姜。顔を近づけると、ぷんっと酢の香りがした。

「アジの酢漬け。昨日から漬けちょるけん、きっとちょうど良い塩梅ちゃ」

塩と砂糖を振った後で、昆布と一緒に漬けるっちゃね、という説明を聞いて、春花は早速一切れ摘む。お薦めと言われたので、大葉に巻いて生姜をたっぷりと載せてから、醤油に付けて口に運んだ。見た目通り、軟らかな食感。突き抜けるような美味さはないが、じんわりと舌に感じる濃厚さ。さっぱりとした酢の後味は、言葉通り箸休めにぴったりだった。

そうして、いよいよ真打ちの登場だ。台所に三度《みたび》引き返した初音が、大きなすり鉢を抱えて戻ってくる。テーブルに置くと、中にアジの切り身が入っているのが見えた。ぶつ切りにされて、さっきの刺身よりも大振りだ。すり鉢の脇に調味料と薬味を揃えて、本人はその前にどっかりと座る。

「行儀が悪いけどなあ」と悪戯っぽい笑みを浮かべて、まず手に取ったのは醤油差し。遠慮なく切り身に注いで、続いてすり下ろした生姜、ゴマの順ですり鉢に入れる。最後に加えたのは、ぬめぬめとした食感が特徴のクロメ。こちらも大分名産の海草だ。それらを豪快に混ぜ合わせて、ものの三十秒で支度は出来上がっていた。

「はい。りゅうきゅう、お待ちどおさま」

小皿に取り分けて、春花と高城の前に並べてくれる。お待ちかねの一品だった。杉乃やが誇る、幻のりゅうきゅう。アジの切り身が黒々と輝いている。それに絡みつくゴマと生姜。海草のクロメは、食感の良いアクセントになるだろう。

改めて「いただきます」と声に出して、春花は箸を付ける。切り身を頬張ると、ぷんっと醤油が香った。すぐに、こりこりとした小気味良い食感。刺身とはまた違った美味さだった。シンプルな味付けが、いっそうアジの風味を引き立てている。濃い味だが、箸を持つ手が止まらない。ぬめぬめとしたクロメが、やはり良い仕事をしている。

「これ、たまり醤油だ」

隣でがっつく高城が、はっと目を丸くする。春花も宮崎の件で学んだことだが、たまり醤油と言えば普通よりも熟成期間の長い、ほんのりとした甘みが特徴。確かにアジの脂に負けず、醤油の甘さが舌に残る。醤油屋の息子として、高城も風味の違いをしっかりと見抜いたようだ。

「それじゃあ、せっかくやけん、お茶漬けにしようかえ」

にこにことした笑みを絶やさず、初音が締めの準備を始める。お茶漬けと聞いただけで、その味は間違いなかった。軽く茶碗《ちゃわん》によそったご飯の上に、りゅうきゅうをたっぷりと載せる。急須からだし汁を注いで、仕上げに刻みのりと少量のわさび。さっと削ったのは、風味付けのかぼすだろう。

春花が碗を受け取る前から、すでに高城がずるずると掻き込んでいる。不作法を指摘するのはこの際無粋だ。春花も碗を口元まで運んで、さらさらと流し込む。あっさりとして、喉につかえる感じが少しもなかった。優しく胃の中に収まる。「ああ」と一息つけば、込み上げてくるだし汁の温かさ。アジだけでなく、佐賀関の全ての旨味を全身に感じる。

体中の凝りが、解れていくのがはっきりとわかった。海の寒さで、かちこちになった心と体。それを癒やしてくれる、海の幸と心からの手料理。いつしか酔いが回って、ぼうっと天井を仰ぎ見る。

「おかわり!」と遠慮のない後輩の声が、この時ばかりは心地好かった。

気づけば、テーブルが静かになっていた。畳の上で高城が大の字に転がっている。飲み過ぎたのは明らかだ。主人の隆三郎に勧められるまま、後輩はビールだけでなく日本酒も焼酎も遠慮せず飲んだ。高齢ながら高城を飲み潰した隆三郎は、座ったままの姿勢で気持ちよさそうにうつらうつらしている。ビール瓶を抱えているのは、まだこの時間を楽しんでいたいからだろう。

台所からは、初音が食器を片付ける音が聞こえる。手伝わなくちゃ……と思いながらも、春花自身も立ち上がるのが億劫《おっくう》だった。席を立つのは失礼とも思う。杉乃家の夫婦からのもてなしだった。何もかもが心地好かった。ほろ酔いの加減も、胃に溜まる満腹感も。風呂で洗い流した疲れ、波を被った記憶。それから数時間後の、畳の上の何とも言えない虚脱感。

現地にいる、と心から感じた。自分は、本物の味に触れたのだ、と。

物産展の担当を拝命して以来、春花は遮二無二、九州の幸を探し回った。隠れた名産品、知る人ぞ知る地元の幸、誰もがあっと驚く目玉商品を——そうしていくつもの名品、逸品に出会ったけれど、今ここで感じているものはそれらとは少し異質だ。関アジを求めたはずだった。大分県の有名ブランド。その名前なら、きっと物産展の目玉になると。

けれど、それを嵐に吹き飛ばされて、辿り着いたこの居間の心地好さはどうか。目一杯、幸福を感じた。全てがずっしりと満たされた。味わうことの意味を、心の底から理解した。

きっと、これこそが「名物」の正体なのだ。

地元の物を、地元の人の手で、彼らと一緒にいただくこと。そこで息づく味、空気、匂いを知ってこそ、本当に地元の名産を理解したことになる。

商品だけを、物産展に持ち帰っても駄目だった。それでは、ただのつまみ食いと変わらない。大事なのは、会場に現地の風を吹かせることだ。その商品に宿る、地元の空気。それを感じて、物産展の場に表現して初めて、来場されたお客様にその土地の魅力を伝えることができる。

だからこそ、何よりバイヤー自身が「名物」の意味を理解しなければならない。

それを教えるための、嵐の強行軍だった――今さらながら、春花は思い至る。

船上で御厨から突きつけられた言葉。「食品バイヤー失格」と、何度となく聞いた彼女の罵声だったが、それも春花の思い違いを一喝するため。関アジのブランドにあくまで拘ろうとしたことは、「名物」の本質からは最も遠いやり方だった。

嵐の中での一本釣りは、それを身をもってわからせるための、御厨なりの荒療治だったのだ。

本当に、思い知らされてばかりの、この数ヶ月。御厨京子の存在に、春花はもう何度も目を開かれている。

彼女の溢れ出るエネルギーの正体は何だろう？　本質を見抜く慧眼《けいがん》以上に、その精神の強さを思わずにはいられない。

強引で、傲慢で、それでいてどこまでも真摯に。

おそらく彼女の中には、まだまだ春花の知らない、真理と哲学がある。

＊

外はすっかり日暮れていた。台所に一声かけて、春花は玄関から庭へ出る。裏が畑になっている。高城が広い敷地と言っていたが、その大半は、キャベツや白菜の畑らしい。青々とした葉が、土からこんもり茂っているのが見える。漁師との兼業はあまり聞かないから、土産物屋の傍ら、初音が手入れしているのだろう。八十になる年齢で、その逞しさは是非とも春花も見習いたい。

庭から遠くを眺めると、うっすらと佐賀関の海が見える。車でどれくらい運ばれたか春花は記憶になかったが、こうして海と共に暮らしていることが、夫婦の「地元らしさ」の秘訣に違いなかった。その一端を、春花は心から味わったばかりだ。

庭の隅でやはり遠くの海を眺めながら、御厨が一人黄昏《たそが》れている。赤いスーツは健在だった。彼女も間違いなく波に濡れたはずだから、着替えは事前に用意してあったのだろう。職業意識の差をここでも思い知らされる。

あのサングラスは今何を映しているのだろう、と春花は急に気になり出した。常に春花たちよりも、ずっと先を見据えている瞳。その慧眼に救われた回数を指折るだけで、春花には複雑な思いが込み上げてくる。

思えば、彼女に背中を押されてばかりの、この数ヶ月だった。

「やっぱり、食べないんですね」

他に言いようもなくて、春花は離れた場所から声を掛ける。杉乃家の居間に、ついに一度も御厨が上がることはなかった。隆三郎の話では春花たちを運んだ時も別行動で、再び姿を見せた時にはすっかり身なりも整っていたらしい。春花たちが刺身だ、ビールだと興じる間、じっとこの庭で佇んでいた。もし酒の席に彼女の仏頂面があったとしたら、あれほど春花たちが寛ぐのは無理だったかもしれない。そう考えると、それさえも彼女の気遣いだった可能性が。

「心から、美味しいと思える味でした。りゅうきゅうも、他の料理も」

「長年、この土地と共にある味なのだから当然ね。私たちはそうした逸品をこそ、物産展に持ち帰らなければならない」

「杉乃やさんには、物産展への参加をお願いしてみるつもりです。関アジかどうかなんて関係ないって理解しました。私は、私の感じたことの全てを、秋の物産展で示すつもりです」

「それが食品バイヤーの責任よ。たとえ、あなたが三流未満のバイヤーでも」

バイヤーと言った彼女の口が、きゅっと引き締まるのを春花は目撃した。いつだって彼女は、自分の果たすべき使命と仕事を心得ている。それは春花を「食品バイヤー失格」と、初めて糾弾した時からずっと。

「私——、拒食症だったことがあるんです」

今しかないと思い立って、春花は全然別のことを口にした。さっき見た夢が、春花の背中を押している。出し抜けかもしれなかったが、春花にとっては必然だ。

流石に面食らったらしい御厨が小さく首を傾《かし》げた。

「あ、と言っても、それほど大げさな話じゃなくて。小学生のほんの一頃。多感な時期だって、病院の先生も言ってたから」

「あなたにしては意外な話ね」

「食べることが恥ずかしかったんです。昔から、私は大食いで。特に母親が、すごくそのことを気にしていました。女の子なのにって。私のことを、普通の女の子に育てたいって口癖のように言ってました」

特別、厳しい母親ではなかったと思う。ただ、四十になる手前の初産で、女の子なら可愛らしく育てたいという思いが人一倍強かったようだ。後年、母親自身が後悔混じりに語っていた。もちろん幼い春花にとって、母親の気持ちを理解するのは難しかった。お腹一杯に食べたかった。その気持ちが人より強いと気づいたのは、もう小学校に上がる直前のこと。母親の嘆きがようやくわかるようになって、急に食べるのが恥ずかしくなった。

それを温かく見守ってくれたのが、一緒に暮らしていた春花の祖母だった。「もっとお食べ」と母親に内緒でお菓子やおにぎりを渡してくれて、口一杯に頬張る春花を愛おしそうに見つめていた。

そのせいもあって、春花の母親とは口論が絶えなかった。決まって最後には祖母が萎縮したように黙ってしまったから、春花にはいっそう自分の食欲が後ろめたく感じられた。

そうして、春花が小学校の高学年に上がると、途端に食欲がなくなった。食べることが億劫になり、口にしてもすぐに全部を戻してしまう。一ヶ月で五キロも痩せて、流石に母親も春花を病院に連れて行った。

「精神的なものですね」と医者は冷静に説明していたけれど、それを聞いた時の、母親の青ざめた顔と言ったら。「私のせいで！」と泣き崩れて、同伴した祖母の手を握ったまましばらく立ち上がることもできなかった。

幸い、その後は家族の理解も進んで、三ヶ月もすると、春花の症状は改善したけれど。

「それ以来やっぱり、たくさん食べることは控えるようになりました。母親はもう気にしないで、と言ってくれたけれど。それから間もなく祖母が急病で他界して、やっぱり私も不安定だったんだと思います。女の子なのに恥ずかしいって気持ちは、自分でも感じてましたから」

「それでもあなたは食品バイヤーになった」

「はい。不可抗力、というのは無責任かもしれません。でも、最初は全然、百貨店に就職する気もなかったんです。ちょうど私の就活時期が不況と重なってしまって。何十社も面接を受けました。希望の業種は全部駄目で。滑り込んだのが今の職場。死ぬ気でやろうって思いました。せっかく拾ってもらったんだから、昔のこととか、就職できた経緯はどうあれ、がむしゃらにこの会社で頑張ろうって。ただその結果、私について回ったのが『大食いの役得』という色物扱いでした」

「あなたがどういう評価を受けていようと、物産展の担当者としてやるべき仕事は変わらないわ」

「それは、私もわかっています。だけど、どうしても昔のことを意識してしまうんです。大食いであることを、後ろめたいと感じた自分。それがトラウマになったから、また大食いのことを揶揄されるのは、やっぱり耐えられなくて。覆さなきゃって思いました。私はそんな評価で終わりたくない。ちゃんとバイヤーとして認められて、昔のことも引き摺る必要がなくて、かねた屋の一社員として正当な評価を受けられるようになろう──そのためには、どうしても秋の物産展を成功させなくちゃならない」

「ふん」

御厨の返事が全てを物語るようだった。結局は、個人的で勝手な事情なのだ。物産展を成功させて一人前と認められれば、もう色物扱いの陰口はなくなる。子供の頃の悲しい記憶を、これ以上思い出さなくても済む。春花が物産展の成功に拘るのは、過去のトラウマを払拭するための方便だった──。

その結果、春花が追い求めたのは上辺だけの成功だった。価値ある逸品、目新しい名産、催事を盛り上げるための目玉商品。全部が物産展の成功ありきで、生産者や出店者の思いを、顧みる余裕が少しもなかった。いや、最初から、そんなことは微塵《みじん》も気にしていなかったかもしれない。だからこそ御厨京子の登場によって、春花の価値観は木っ端微塵に突き崩されてしまったのだ。

「私、御厨さんのやり方が全部正しいとは思えません。強引だし独りよがりだし、正直、一緒に働く人間としては迷惑。でも食品に寄り添う立場なら、やっぱり学ぶべきものがたくさんあるんだと思います。いつも横っ面を引っぱたかれたような思いで、だからこそ、ここまで来ることができました。今回の物産展、御厨さんの助言がなかったら、きっと私は自分勝手な催事を作り上げてしまったと思います」

「それは甘えね。人に寄りかかることを覚えたら、独り立ちできるのは遠い将来。食品バイヤーは全ての責任を背負い込む覚悟を持たねばならない。商品にも店にも生産者にも向き合い、彼らの過去と現在、未来を担う。そうして初めて、実りある物産展ができる」

「御厨さんにとって物産展って何ですか？」

言いながら、思い出すのはずっと遠い記憶だった。

いつか、母親に連れられて行ったヒャッカテン。その頃、自分はもっと食べることが好きなはずだった。純粋に、その喜びを噛みしめることができた。

きっと、その気持ちがまだどこかに残っているから、過去のトラウマに苦しめられながらも、春花は食品バイヤーという仕事に必死で取り組めるのだ。

そしてたぶん、物産展に関わることも。

「最初に会った時、言ってましたよね。日本一の物産展。来場者も出店者も、全ての人を幸せにする、夢のような物産展を開くことが願いだって。私もそれが物産展に関わる人間の理想だと思います。でも、どうしてそこまでの思い入れを？　何が、そんなにまで御厨さんを駆り立てるんですか？　教えてください。私も御厨さんのように、本気でこの仕事に向き合いたいんです」

正面から、その顔を見据えた。遠い海を背景に、夕日の赤さに溶け込む影。正直な言葉が返ってくるとは思わなかった。有能である以上に、食わせ者の彼女だ。

それでも春花は聞いてみたかった。それはたぶん、彼女の存在が今では眩しく見えるから。否定されても罵倒されても、彼女のような食品バイヤーに自分もいつかは辿り着きたい――。

目を逸らさずに待っていると、白い顔が僅かに動いた。手をサングラスの縁に掛けている。ゆっくりと取り去ると、初めて見る剝き出しの表情が明らかになる。その目は春花を通り越して、どこか遠くを見ているようだった。

突きつけられた問いを受け止め、その答えに思いを巡らせている。けれど彼女の視線が向けられた先はきっと今この場所ではない、と春花は本能的に理解できた。

御厨の口が小さく動く。

「あの世で、思い知らされたのよ」

エピローグ

春花には休んでいる時間はなかった。お腹はずっと減っている。ただでさえ燃費の悪い体質なのに！　と憤っても担当者の立場にある以上、春花に文句を言う筋合いはない。折悪く、空腹を刺激して止まない職場だった。さっきから、美味しそうなたれの香りが、春花の鼻先を行ったり来たりしている。

いや、実際に縦横無尽に駆け回っているのは春花自身だった。それこそ、足を止める余裕もない。「これ、どうなってんの⁉」と声が上がれば、バックヤードに駆け付けるし、店頭で揉めている気配があれば、真っ先に春花が矢面に立つ。腕章の「運営」の文字は伊達ではなかった。なんと言っても、これは春花が仕掛けたイベントなのだ。

——秋の大九州展！　かねた屋の恒例、秋の物産展が開幕していた。期間は、一週間。例年通り延べ七十の業者が参加し、自慢の逸品を披露し合う。かねた屋では、一日一万五千人の来場者を見込んでいた。百貨店としても、正念場の秋だ。折からの不況を吹き飛ばすべく、社運を懸けて、かねた屋も催事に取り組んでいる。

念願叶って、客の入りは初日から上々だったが……振り回されることにかけて、やはり春花には天賦の才能があるらしい。

「忙しくて、死ぬ！」

出張で飛び回っていた頃は、商品を探すプレッシャーで眠れぬ夜が続いたが、いざ本番を迎えるとすでに当時が懐かしい。喉元過ぎれば暑さ忘れて、今は目の前の狂騒に押し潰されそうな心境だ。

物産展の担当者というのは、催事の運営にも責任を持たなければならない。他の百貨店ではどうか知らないが、少なくともかねた屋では「運営」の腕章を巻いて、会場内に目を光らせるのも大事な仕事だった。

現場のスタッフに指示を出し、出店者が無事到着しているか確認する。荷物の搬入に遅れはないか、打ち合わせに遺漏はないか、隅から隅までチェックした上で、なおトラブルの解決に当たらなければならない。

一番多いのは、炊事場が使えないという出店者からのクレームだった。水が出ないという問題には設備課の社員まで呼び出して、春花も蛇口に食らいついては水が出るのを見守った。午前十一時の開場で、時刻はまだ十三時半。ほとんど徹夜したような疲れ具合に、腹をさするのをやめられない春花だ。果たしてこの胃のむかつきは、空腹のためか、ストレスのせいか。

だが、全体を通してみれば、春花には満足のいく状況だった。とにかく、物産展の開催まで漕ぎ着けた。最初から五里霧中の心境で、出店者を選ぶにしても手探りしながらやるしかなかったが、多くの偶然と必然が春花の背中を後押ししてくれた。

まずは、天草のまだら屋。今日も初日から大将が、店頭に立って海鮮弁当を詰めている。目玉はなんと言っても車海老。仮死状態の車海老を持ち込んで、店頭で刺身にしてみせるのだから、客の食い付きは抜群だ。息子の良太と一緒に、一日二百食の販売を目標にしている。

その斜向《はすむ》かい、綺麗なデコレーションのケーキを仕上げているのは、福岡のカプリス。オーナーパティシエの櫛枝は、調理から接客まで大忙しだった。当初の看板商品である苺のタルトを改良し、勝負に打って出たのはあまおうのミルフィーユ。何度も試作を繰り返し、春花もアイデアを出して、ようやく完成した自慢の一品だ。娘の詩織も「きっと大丈夫！」と太鼓判を押してくれた。家族のためにも、店の将来のためにも、櫛枝にはこの物産展が頑張りどころだ。

フロアの端に目を向けると、食事処《イートイン》の前に長蛇の列ができている。物産展の目玉ともなったのが宮崎のラーメン店、ＥＩＺＩだ。店主の金藤とは擦った揉んだあったわけだが、今では熱心な面持ちで物産展のお客に自慢のラーメンを提供してくれている。念願のにんにく醬油もぎりぎり間に合った。ＥＩＺＩの繊細なとんこつラーメンに相応しい、特注の白醬油。後輩の高城が方々探し回って、店主も納得するにんにく醬油が完成した。件の後輩はと言えば、あまりのＥＩＺＩの盛況ぶりに、すかさずヘルプに入っていた。白い前掛けにキャップを被った高城の姿は、即席の手伝いというより、堂に入った本物の店員だった。こちらもかつての武者修業が生きた形だ。

一つ残念なのは、大分の土産物店、杉乃やが会場に来られなかったことだった。春花が熱心に誘って、物産展の参加自体は承知してもらえたが、やはり会期中販売をし続けるだけの、在庫の確保が難しかった。商品は店主一人の手仕事なので、一日に用意できる分量に限りがあるのだ。「年齢《とし》は言い訳にしないっちゃ」と強気に構えてくれた店主の初音、漁師であるご主人の隆三郎だったが、二人に無理はさせられないと春花の方で、東京に来ることは自重してもらった。

代わりに少量ではあるが、現地で作ったりゅうきゅうを会期中は配送してもらって、それを共有スペースのなるべく目立つところに置いている。担当している販売員からは、「即完売の勢いですよ」と嬉しい報告をもらった。次の九州展こそは、必ずや二人にも会場に来てもらおうと新たな闘志を燃やす春花だ。

その他にも、春花が直接現地で選んだ出店者は軒並み盛況のようだった。七十ある出店者の実に三分の一近くを、今回春花は入れ替えている。上司からは無茶だと言われたし、同僚からも懐疑の目を向けられたが、自分の信念を春花は最後まで譲らなかった。自分が美味しいと思ってこそ。何より現地でその場所、その人を知ったからこそ、自信を持って物産展の一席を任せられるのだ。

その場合、上手《うま》くいかなかった時の責任も、潔く負うことができる。最初は自分の評価が第一と思って臨んだ物産展の企画だが、今ではその趣旨が大きく変わっていた。現地を知ってそれを会場に再現することが、食品バイヤーの最も大事な仕事だった。

それを教えてくれたのは、赤いスーツの冷笑家。

そういえば、「物産展の女」の姿がまだ会場にない。

一通りの見回りを終えて、春花は会場の奥へと引き返す。バックヤードの手前が、一際目立つ出店スペースになっていた。客の波も落ち着いたところで、春花は店頭に顔を出す。体格の良い老婦人がどっしりと腰を据えていた。見かけで百キロ近い体重がありそうで、顎の周りにぷくぷくとした脂肪が付いている。分厚い目蓋は眠ったようで、けれど注意深く周囲の様子を観察している。

「ご挨拶遅れました。売れ行きはいかがでしょうか、大河内和子《おおこうちかずこ》様」

本人の前で頭を下げて、できるだけ大きな声で呼びかける。今年で九十になる彼女は、少し耳が遠いらしい。「んん」と眠たそうな目蓋が開いて、春花のことをやや濁った黒目が捉える。「ああ」と言った時には、とびきり愛嬌のある笑みが浮かんで、朗らかな声で春花を迎えた。

「今回も、よろしくやらせてもらってるよ。かねた屋さんには、ご縁があるから」

「大河内様の豚肉は、今回も目玉商品の一つです。弊社への問い合わせも一番多いくらいなんですよ？　毎年、お世話になっております」

「お世話ったって、あたしにできるのは豚を育てることと売ることだけだよ。五十年、こんな仕事を続けてりゃあ」

もごもごと語られたこの言葉通り、彼女は物産展の最常連の一人だった。

実に半世紀近い歴史を持つ。大河内和子の経営する養豚場「ほまれ」は、戦後間もなくから、黒豚の本場、鹿児島で営まれてきた。当時から彼女の育てた豚肉は極上との評判で、物産展への参加はかねた屋のその歴史と軌を一にしている。

第一回の九州物産展への参加。それを皮切りに、大手百貨店からの誘いが引きも切らず、養豚場「ほまれ」は、実に百回以上の物産展への参加実績を誇っていた。

その全てで、店頭に立つのは代表の大河内和子であり、彼女の出品する「黒豚の味噌漬け（肩ロース）」は、五十年変わらない人気商品である。

彼女の存在がなければ九州物産展は成り立たない、とは百貨店業界の常識だ。かねた屋にあっても、今年で二十年連続、物産展のメインの席をお願いしている。春花も業界の新参者として、電話でのやりとりは別にして、やはり直接の挨拶は欠かせなかった。

「今回、私は初めて物産展の企画を担当させていただきました。業界の生き字引とも言われる大河内様の目に、不格好に映っていなければ良いのですが」

「どんな物産展でもお客は勝手に楽しむし、物が売れるかどうかはあたしたち、出店者側次第だよ。人の味覚ってのは、言うほど変わるもんでもない。あたしの豚肉がいつも通りの売れ行きなら、少なくとも並の物産展以上ってことさ。まあ、一週間後のお楽しみだね」

「かねた屋としても、全面的に協力させていただきます。初日が何よりも大事ですので。あの、それと、電話でお願いしていた件ですが」

喉に引っかかるような感覚があって、春花はおっかなびっくり、大河内の顔を見返した。怖いという印象はないが、やはり長年業界を引っ張ってきたらしい、威厳のようなものを彼女からは感じる。春花が切り出したことに、最初は合点がいかなかったらしい。「五年前の件です」と春花が念を押して、ようやくその肉付きの良い顎で頷いた。

「ああ、ああ、例の。ばあさんにとっちゃ、五年も十年も一括りだから、思い出すのも一苦労なのさ。でも、例の件と言ったら忘れないね。あたしも五十年この仕事を続けてるけど、彼女みたいな人間にはついぞお目にかかれなかった。彼女と一緒に仕事をするのは、本当に楽しかったよ」

「長年、物産展の現場でご活躍されてきた大河内様にだから、お聞きしたいと思いました。不躾で申し訳ありませんが、他に当てもなくて」

「本人が、直接話して聞かせるようなことでもないしね。でも、当時は大騒ぎだったよ。なにしろ人が一人、消えようっていうんだから。あたしも引き留めたし、常連の出店者は誰も納得しなかった。けれど、本人の問題なら」

言いながら、重たい目蓋を持ち上げて、遠く向こうに視線をやる。見つめるのは、間違いなく五年前の記憶だった。彼女が今と変わらず物産展の最古参であった頃。懐かしさを噛みしめるように、重たい息を一つ吐き出す。

堪らず、春花も前のめりになった。

「それじゃあ、あの話は本当に」

「ああ。あんたが電話で確認してきた通りさ。当時は、別の大手百貨店のバイヤーだった。御厨京子は、その最中に病気で味覚をなくしちまったんだ」


あの世で、思い知らされたのよ――。

結局、佐賀関の夕闇の中で、春花ははっきりとした答えを聞くことができなかった。

なぜ、バイヤーとして懸命になれるのか。そう問いかけた春花に、物産展の女、御厨京子は奇妙な謎を残したままだった。ただ一つ、彼女らしからぬ切ない表情を目元に浮かべて。

大分県を後にしてから、春花は秋の物産展の追い込みと並行して、御厨のことをできるだけ調べるようにした。彼女の過去。食品バイヤーとしての動機なら、おそらくその答えは彼女の職務経歴の中にある。幸い、メディアが放っておかない存在だった。

春花も一度、彼女が出演したニュース番組を見たことがあるし、カリスマバイヤーという触れ込みで彼女を特集したネット記事も無数にある。

他にも同僚の伝を当たったし、先輩社員からも機会を見つけては話を聞いた。物産展の女の名前に、良い顔をする人間ばかりではなかったけれど、やはり業界の有名人。彼女の逸話は、良くも悪くもこと欠かなかった。

曰く、物産展を牛耳っていたやくざ者を追放した。伝説の深海魚を、彼女自身の手で釣り上げた。活躍の裏で相当な金銭を横領している——真偽不明の噂話もさることながら、春花が不思議に思ったのは、耳にする話の全てが五年前までのことである点だった。それ以前の逸話については、誰の口からも聞こえてこない。まるで、箝口令《かんこうれい》でも敷かれているみたいに。

窮した春花が最後に頼ったのが、業界の生き字引である大河内和子だった。物産展のドン、とも目されている。折良く秋の物産展にも参加してくれることになっていたし、何より彼女は御厨と古くから親交があるという話だ。共に物産展の歴史を紡いできた二人。食品バイヤーと出店者という関係は、春花が思う以上に強い絆《きずな》であるらしかった。

簡単に聞けるとは思わなかったが、春花が事情を告げると、意外にすんなりと大河内は過去の話をしてくれた。「そろそろかもね」と意味深長に呟いて、彼女が口にした五年前の経緯。

衝撃的だったのは、御厨の活躍の裏に難病による引退の危機があった——。

「おそらく『舌癌《ぜつがん》』だろうって、周囲は話してたね。本人は一切、詳しいことを語ろうとしなかったけれど。五年前のある時期、いきなり彼女がバイヤーから足を洗ったのさ。大手百貨店の誘いも全部断って。海外の企業に引っ張られたんだろうって噂は、半分本当で半分はでたらめ。実際フランス辺りで静養してたらしいけど、彼女自身、仕事のできる状態じゃなかった。何しろ、食品バイヤーの命である味覚をなくしちまったんだから」

「私も、あれから調べてみました。舌の病気のこと。舌癌でも、味覚が失われる可能性は少ないようですけど、病気の進行度や治療の仕方によっては、味覚障害が残ってしまう場合も」

「難しい病気の話はあたしにはわからないけど、彼女が外国で静養して、半年して戻ってきた頃には、すっかり痩せ細っていたのは本当さ。あの体で、実によく食べるバイヤーだったのに。それでがらりと仕事のやり方を変えて、彼女は『決して試食をしない』食品バイヤーになった。それまでの知識と経験だけを頼りに」

「辞めようとは思わなかったんでしょうか？　食品バイヤーの仕事を。だって、いくら知識があるからって、味を正確に見極められないとこの仕事を続けるのは」

「海外でしばらく暮らして、日本に帰ってきたばかりの頃、彼女は鹿児島まであたしを訪ねてくれたよ。以前に比べて、そりゃ痩せた体で。いの一番、彼女は『仕事を続ける』と宣言した。今まで通り、物産展に関わるつもりだって。返しきれない恩があるから」

「恩？」

「生かされたって、彼女は言うんだよ。今の体になって、改めて理解できたと。物を食べること、食材を育てること、それを販売すること、その環境を守っていくこと。数え切れない営みがあるから、自分はこうして生きていて、これからも生き続けていくことができる。その恩に報いるために、自分は食品バイヤーであり続けたいって」

「生き続けて」

春花の中で、全てが繋がるような気がした。

御厨が言い続けてきた食品バイヤーとしての哲学。現場を大事にするというのはもちろんそうだが、彼女の中でもっと深い意味がその考えにはあったのだ。命を繋ぐという営み。大きな病気を経験して、食べることの本質に気づいたからこそ、彼女はなお命を懸けて食材に向き合おうとしているのだった。物産展のためだけではない。生産者のためだけでもない。より大きな、命の意義のために。

「今となっては正解だね。あんたを見つけたわけだから」

「え？」

話の大きさを受け止めきれないでいるところ、意外な声を春花は聞く。見返した春花の反応を面白がるように、大河内は豊かな顎の脂肪をぷるぷると震わせた。

「聞かれたからって、誰にも彼にも、こんな話をするもんじゃないさ。本人にとっては繊細な話。他人に弱みは見せたがらないからね」

「それじゃあ、どうしてこんな話を」

「あんたの言う通り、知識と経験だけじゃ、物産展の仕事は続けられない。どんなに情熱があっても。誰かが、彼女の代わりにならなくちゃ。彼女の舌になってやるんだよ。これからも物産展の女でいてもらうために」

「私が、その役割を？」

「打ってつけじゃないか！　無類の大食いって話！　ああ、もちろん、馬鹿にしてるつもりはないよ？　よく食べるってことは、あたしらみたいな生産者には嬉しい限りさ。他の連中も話してたよ。あんたが美味そうに自分のところの商品を食べてくれるから、物産展に参加するんだって。案外そういうところを見越して、彼女はあんたに今日の現場を任せたんじゃないかい？」

「まだ少し頼りないけどね」と豪快に笑った大河内の声は、本気とも冗談ともつかなかった。

春花には、寝耳に水の話だ。御厨が自分に、ちょっとでも期待しているなんて考えられない。なんと言っても、あの手厳しさだ。「食品バイヤー失格！」というのは序の口で、三流、不格好、間抜けの権化と彼女の声は指摘を越えて、もはや罵詈《ばり》雑言《ぞうごん》の嵐だった。そのおかげで、春花が焚きつけられた点があるにしても。

それでも、ことある毎に助け船を出して、それが多少の期待の裏返しなら……。

「うわっ」と堪らず声が出たのは、懐のスマートフォンが震えたから。

反射的に取り出して、画面に「御厨京子」の文字を見つける。タイミングもタイミングだが、そういえば彼女の姿が見えなかったので携帯に連絡を入れたばかりだった。

肝心要の物産展初日。やはり、春花一人では心許ない。

「気にしなくて良いよ」と言う大河内の声を聞いて、春花は一言謝って、すぐにその場を離れる。人気のない通路まで出ると、恐る恐る応答のボタンを押した。

――物産展の調子は？

直後に返ってきた声に、春花は早速緊張する。まるで、春花の方が責められているような気分だ。現場に姿を見せていないのは、間違いなく電話の主の落ち度であるのに。ふん、と腹に力を込めて、流石に春花も言い返す。

「それより、御厨さんはどこにいるんですか？　物産展はもう、始まっちゃってますよ？　初日から顔を見せないなんて」

——病院よ。

端的に返った声が、どきりと春花の心臓を鳴らす。舌癌、と大河内と話をしたばかりだった。病気の詳細は聞かされていない。五年前の話ではあるし、試食をしないこと以外、体調不良の影は感じさせない彼女だったが、まさか再発なんてことは。

——ただの定期検診よ。あなたの想像するような、大事《おおごと》じゃない。

「え？」

——あなたがこそこそと嗅ぎ回っているのを、私が承知していないとでも？　探偵の真似事が得意なようね。この際、転職を検討したら？

「わ、私はただ、御厨さんのことが心配で」

——気を回すなら、今の物産展に集中しなさい。開催まで漕ぎ着けて半分。もう半分は、これからのあなたの舵取り《かじと》にかかっているわ。

「それはわかってますけど。どうせなら、御厨さんも会場に来てもらった方が」

不安が口を衝《つ》いて出る中、ふと電話の向こう側に気になる物音を聞く。妙に騒々しかった。大勢の人が行き交うような気配。病院にいるという話だったが、電話口から聞こえてくるのは、どこか春花にも馴染みのある騒音で。

「御厨さん。病院にいるんですよね？　だから、物産展には遅れて」

——検診はとっくに終わっているわ。病院と言ったのは、探偵気取りのあなたに対するただのあてつけよ。

「御厨さん、ふざけてる場合じゃ」

——待って。もうすぐ手続きが済む。

「手続き？」と聞き返した春花を無視して、ポーンという電子音が返ってくる。続いたのは、大きな荷物を引き摺る気配。キャリーバッグだ。

決定的だったのは耳慣れたアナウンスだった。

シャルル・ド・ゴール空港行き、十四時四十分発、三十一便をご利用のお客様は——。

「まさか、空港ですか？　これから、飛行機に」

——後は任せたわ。私にはやるべきことがある。それは、物産展の会場にいては果たせない。

「やるべきことって」

――より多くの商品に、より多くの現場に、そしてより多くの人たちに出会うこと。食品バイヤーとはその全てを結びつける鍵よ。私たちが果たしているのは、物産展のその向こう側にあること。この世界に本物の豊かさをもたらすため、私たちバイヤーは一秒だって立ち止まってはいられない。

彼女らしい哲学を語るその声は、先へと進むことしか考えていないようだった。

春花は付いて行けるか不安になる。彼女のようになりたいと思うが、御厨の足取りは、どこまでも空を飛ぶように軽いのだ。

「切るわよ」と端的に言って、そのままぶつりと通話が終わる。反射的にかけ直そうとしたが、最後のところで踏《ふ》み止《とど》まった。

春花もまた、食品バイヤーの端くれだ。半人前でも間抜けでも、自分で選んだ商品がそこにあるなら、決して背を見せてはいけない。物産展のために。現地で出会った人、物、全てのために。春花こそ立ち止まってはいられなかった。

スマートフォンを上着にしまって、その場でくるりと踵を返す。

物産展の会場へ。

食品バイヤーとしての一歩を、春花は踏み出したばかりだった。

<初出>

本書は書き下ろしです。

この物語はフィクションです。実在の人物・団体等とは一切関係ありません。

◇◇メディアワークス文庫

物《ぶっ》産《さん》展《てん》の女《おんな》

桑《くわ》野《の》一《かず》弘《ひろ》

2022年７月25日　初版発行
2024年12月15日　再版発行

発行者　山下直久
発行　株式会社**KADOKAWA**
〒102 - 8177　東京都千代田区富士見2 - 13 - 3
0570-002-301（ナビダイヤル）
装丁者　渡辺宏一（有限会社ニイナナニイゴオ）
印刷　株式会社KADOKAWA
製本　株式会社KADOKAWA

ISBN978-4-04-914546-5 C0193

メディアワークス文庫　https://mwbunko.com/

本書に対するご意見、ご感想をお寄せください。
あて先
〒102-8177　東京都千代田区富士見2-13-3
メディアワークス文庫編集部
「桑野一弘先生」係